なんちゃってシンデレラ　王宮陰謀編

異世界で、王太子妃はじめました。

Hina Shiomura

汐邑雛

JN210189

B's-LOG BUNKO

ビーズログ文庫

イラスト／武村ゆみこ

Contents

異世界で、王太子妃はじめました。
登場人物紹介
ナディル
・エセルバート=ディア
=ディール=ヴェラ=ダーディエ
ダーディニア国王太子で27歳。
アルティリエの夫。優しげな風貌をしているが冷淡。携帯糧食が主食。
アルティリエ
・ルティアーヌ=ディア=ディス
=エルゼヴェルト=ダーディエ
元パティシエ・和泉麻耶（33歳）の転生した姿。現在12歳で王太子妃。
人形姫と呼ばれているらしいが……!?

シオン
ナディルの同母弟。現在はギッディス大司教の位にある。
リリア
アルティリエの侍女。
レイ
本名レイモンド・ウェルス＝イル＝ラーダ＝リストレーデ。ナディルの執政官。
グラディス四世
国王陛下。
異母妹エフィニア王女の代わりに、
姪のアルティリエを溺愛。
ユーリア
第一王妃殿下。
すでに滅んだ
小国の出身。

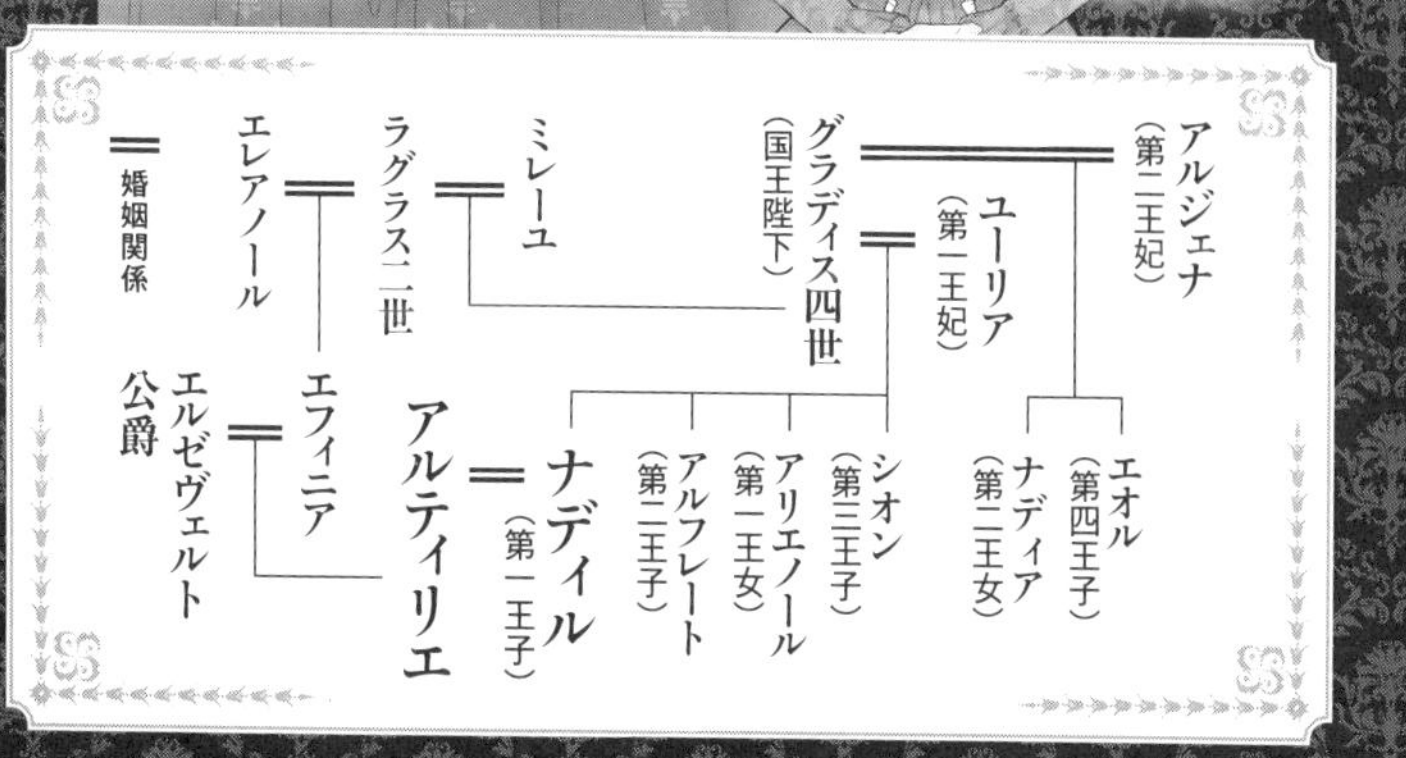
アルジェナ（第二王妃）
グラディス四世（国王陛下）
ユーリア（第一王妃）
ミレーユ
ラグラス二世
エレアノール
＝婚姻関係
エオル（第四王子）
ナディア（第二王女）
シオン（第三王子）
アリエノール（第一王女）
アルフレート（第二王子）
ナディル（第一王子）
アルティリエ
エフィニア
エルゼヴェルト公爵

……プロローグ

「……さ、寒い」

家に帰り着くなり、私はその寒さに震《ふる》えた。

一人暮らしの家は、寒い。体感として寒いだけではなく、こう、何か心理的にも。

三十すぎて独身だからわびしいんだろうって言われれば、返す言葉がないんだけど。

（でも、別に不自由感じてないし、淋《さみ》しくないって言えば嘘《うそ》になるけど、だからってなりふり構わず結婚したいってわけでもないし……）

一昔前だと負け犬女だとか言われたかもしれないけれど、別に負けたとか思わない。自由に好きなことができる今の生活に、私は満足している。

「さーむーいー」

誰《だれ》も答えない暗い家の中、手探《てさぐ》りで照明のスイッチを見つけて、点《つ》ける。

テーブルの上は今朝《けさ》出かけたときのまま、書きかけのレシピが置きっぱなしだった。レシピを書くのはなかなか大変だ。自分の為の覚書《おぼえがき》と違って、誰が作っても同じものが作れるように表現しなければならない。

（分量とかはいいとして、問題は手順の説明だよね）

料理知識が小学校の家庭科レベルの初心者でも、同じものを作れるように書くのが理想だけど、自分ではちゃんと書いたつもりでも理解されないことがあるから難しい。

（とりあえず、続きは食後だ）

「お湯、お湯」

レシピは後回しにして電気ケトルのスイッチをいれる。

家に帰ってくると、何か温かいものを飲んで身体を温めるのがいつものルーティーンだ。

「今日は何にしようかな」

何かと声を出すのも一人暮らしの特徴《とくちょう》かもしれない。つい、何でもなくても声に出してしまう——応《こた》えてくれる人はいないのに。


テーブルの上の籠《かご》には、手作りの柚子茶《ゆずちゃ》とかいろんな味の生姜湯《しょうがゆ》の素の瓶詰《びんづ》めや、ネットで買ったお気に入りの白桃烏龍茶《はくとうウーロンちゃ》の缶《かん》なんかがまとめてあって、お湯さえあればいつでも好みのものが飲める。選ぶ楽しみというのは、日常生活の中のささやかな潤《うるお》いだと思っているから、いつもいろいろな種類を籠の中に揃《そろ》えておくようにしている。

行きつけの紅茶屋さんは複数あるし、実店舗《じってんぽ》だけじゃなくてネットショップもいくつかブクマしている。フレーバーティーはそれほど得意ではないけれど、お茶は拘《こだわ》ると奥深《おくぶか》い。紅茶に日本茶に中国茶……去年は、自分で日本茶作りにもチャレンジした。知り合った生産者さんからいただいて庭に植えたお茶の木は二本。

二本分の新芽では、ちょうど家で三回飲む分くらいしか作れなかったけれど、味はなかなか良かった。確実に無農薬だし、自分で作ったお茶というだけで三割増《わりま》しおいしく感じられる。淹《い》れてみるとその色はかなり薄《うす》くて、緑というよりは淡《あわ》い金色。香《かお》りが高く、すっきりした後味が印象深かった。

もちろん今年も挑戦《ちょうせん》するつもりだし、木を増やして、いずれ紅茶や烏龍茶も試《ため》してみる気でいる。

「今日は冷えるから、檸檬《れもん》生姜湯にしよっと」

赤い蓋《ふた》の瓶《びん》を手に取る。これは、スライスした檸檬《れもん》と生姜を蜂蜜《はちみつ》に漬《つ》けたもの。去年作ったものだけど、空気に触《ふ》れなければ檸檬《れもん》は腐《くさ》らない。長期保存のコツは蜂蜜をケチらないことだ。これをお湯に溶《と》かすと、喉《のど》に良くて身体も温まる冬にぴったりなホットジンジャーレモネードができる。夏だったら氷をいれて冷やして飲んでも美味《おい》しい。

一応、部屋にエアコンはあるけれど、よっぽど寒くない限り使わないことにしている。築二十二年の年代物の平屋なので隙間風《すきまかぜ》がひどくて、コストパフォーマンス的にイマイチだから。貧乏性《びんぼうしょう》な私としては光熱費をできるだけ節約したいのだ。

お湯を沸《わ》かしている間にコートを脱《ぬ》いで、寝室《しんしつ》へと足を向けた。

「やっぱり、ここに忘れてたか……」

ベッドサイドの充電器《じゅうでんき》に挿《さ》しっぱなしだった携帯《けいたい》電話を発見して、ちょっとほっとした。

淡いピンクゴールドの携帯は、三年前の年代物。こんなに厚みのある携帯は今時ないって職場の子たちによく言われる。新しいモデルが発表されるたびに迷うけれど、なかなか全てが気に入るような機種が見つからなくて未《いま》だに買《か》い替《か》えられない。

画面を見たら、着信が七件も入っていた。半日見なくて七件が多いか少ないかは人によると思うけど、家族がいない私にはだいぶ多い。

「あれ、匂坂先輩《こうさかせんぱい》だ……」

珍《めずら》しく彼女から留守電が入っていたので再生してみる。

『まやちゃん？　匂坂です。メールもリターンもないからたぶん携帯忘れたんだと思うけど……帰ってきたら電話ちょうだい。仕事がありますす』

「……すいません。その通りです～」

テレビや留守電やそういったものと会話してしまうのも、一人暮らしが長い人間のクセのようなものだと思う。

私は、携帯電話に手を合わせて小さく謝《あやま》った。

私、和泉麻耶《いずみまや》は、本業がパティシエで、副業でワインバーの臨時コックをしている。女だからパティシエールって言うべきなのかもしれないけど、お店の名刺《めいし》の肩書《かたが》きがチーフ・パティシエなのでいつもパティシエと言ってしまう。

本業で働いているのは銀座の裏通りにあるフルーツタルト専門店で、ここは雑誌にもしょっちゅうとりあげられる人気の店だ。

私は三人いるチーフの一人。お店には見習いも含《ふく》めるとパティシエが十二人いて、四人で一つのチームになっている。チーフの特権《とっけん》は、接客に出なくていいこと。お客さんの生の声が聞けるのは嬉《うれ》しいけれど、私は作る方が好きだから、昇格《しょうかく》した時は嬉しかった。

この仕事は嫌《きら》いじゃない。むしろ、大好きだ。でも、ちょっと物足りないところもある。当然のことだけど、店ではレシピが厳密《げんみつ》に決まっているから自分で工夫《くふう》するとかそういう余地がないし、季節によって多少の違いはあれど、毎日毎日同じものしか作れないというのはちょっとストレスがたまる。

そこを補《おぎな》っているのが、もう一つの職場だ。

私は、ローテーションで週に一、二回、休みの前日の夜だけ、以前うちの店に勤めていた匂坂先輩の旦那《だんな》さんが経営するワインバーの厨房《ちゅうぼう》に入っている。

このお店、お酒のメニューはあるが、料理のメニューはない。

その日仕入れた材料で、お客さんの選んだワインに合う料理を、お客さんの希望を聞きながら即興《そっきょう》で作るのが店の売りの一つだ。

オープンキッチンのカウンターは常にお客さんに見られていて気が抜《ぬ》けないし、メニューがないというのも逆に自由すぎて難しい。

お客さんの希望を聞き取りながら、その日ある材料で何を作るかを決めるのはものすごくコミュニケーション能力が試される。さらにキッチンが丸見えだから、料理をしているだけなのに、お客さんとの真剣《しんけん》勝負！　といった感じになっている。でも、その程《ほど》よい緊《きん》張感《ちょうかん》が、すごく好きだ。

あまり大きな声では言えないけど、夜が遅《おそ》い割にお給料は安い。でも、味にうるさいお客様に鍛《きた》えられながらワインの味も覚えることが出来るし、スキルがあがったというか、腕があがった実感があって、ここで働くのも私には大事な時間になっている。

休みの日にバイトしていたら休みにならないんじゃない？　ってよく聞かれるけれど、私の場合、料理は仕事であり、趣味《しゅみ》でもある。つまり、仕事が休みの日に趣味に時間を使うのと一緒《いっしょ》だと考えてもらうと良《い》いと思う。

私の場合はそうやって自分の好きなことをしながら、バイト代までいただけてしまうのだから、ちょっとくらい体力的にキツくても、一石二鳥《いっせきにちょう》なのだ。

携帯の向こうで空《むな》しいコール音が響《ひび》く。

「……忙しいのかな？　先輩」

匂坂先輩にリターンしたけど繋《つな》がらなかった。

仕事、いつですか？　とだけメールをいれて、キッチンに立つ。

料理人は家では料理したくないって人も多いけど、私は家でもする。

研究も兼《か》ねているので、斬新《ざんしん》な献立《こんだて》になることも珍しくない。もちろん、責任持って最後まで食べるのが基本だ……どうしても食べられないものができることもあるけど。


大家さん宅の離《はな》れであるこの平屋は、料理好きだったという大家さんのおばあさんの住まいだったそうだ。

おばあさんと私の身長はあまり変わらなかったみたいで、シンクやガス台の高さがちょうどいいし、動線も考えられて設計されているから使い勝手が良い。何よりも、オーブンがついているのが最高だ。賃貸《ちんたい》でこんな本格的なオーブンがあるキッチンは珍しい。

このオーブンがこの家を借りる一番の決め手になった。これがあるから、多少の隙間風なんかまったく気にならない。

キッチンがとても居心地《いごこち》よいので、自炊《じすい》はかなりこまめにしている。

今日の夕飯は、寒い日にとても嬉しいおでん。

おでんって、その家の味がよくわかるメニューだと思う。とあるコンビニでは地域ごとに出汁《だし》を変えているらしいし、洋風のトマト出汁をウリにしている専門店もあるというくらいベースとなる味がいろいろある。中に入れるおでん種も千差万別《せんさばんべつ》だ。コンビニのおでんがあんなに種類豊富なのは、皆《みな》が食べ慣れた我が家《わがや》のおでんを求めるからだろう。

私が作るおでんはかつお出汁ベースの関東風で、タコ足をいれるのと小さなたまねぎを丸ごといれるところが特徴だ。煮込《にこ》むのには土鍋《どなべ》を使う。

おでん種を一度煮込んだ後、鍋《なべ》ごと新聞紙にくるんで毛布に包《つつ》んで保温しておく。朝それをやっておくと、帰ってきたときにはすごーく味がしみこんでる。いわば保温調理。専用の鍋もあるみたいだけど、そんなものは全然いらない。土鍋ならごはんだって炊《た》けるし他にもいろいろ使えるから、一人暮らしでも大きめの土鍋は必需品《ひつじゅひん》だと思う。

出汁のよくしみたおでんを温めながら、大根や人参《にんじん》の皮のきんぴらを作ってて気付いた。

（辛子《からし》がない……）

辛子なしのおでんなんて、プリンにカラメルソースがかかってないようなものだ。私は断固として辛子を要求する！　な～んて、おたま片手にエキサイトしてみても一人暮らしの哀《かな》しさで自分で買いに行くしかない。

（仕方ないなぁ）

徒歩三分のコンビニまで買いに行くことにした。もちろんスーパーの方が安いけど、ちょっと距離《きょり》がある。当たり前だけど、この時間にそこまで足を延《の》ばす気にはならない。

コートに袖《そで》を通し、携帯と財布《さいふ》と家の鍵《かぎ》だけ持って出る。

最近はどこも物騒《ぶっそう》だ。このあたりは大通りも近いし、街灯も多いからまだマシ。夜に女一人で歩いていてもそれほど怖くない。こういう時は都会に住んでいてよかったと思う。

携帯をライト代わりに手にして、とぼとぼと歩く。自分の影《かげ》しか動かない夜道は、とても静かで何だか不思議な気分になってくる。

(まるで、夜の中に入りこんでしまったような……)

すべてが少しだけよそよそしくて、うまく馴染《なじ》めていない……自分ひとりだけが、浮《う》いてしまっているような違和感《いわかん》。

(もしかしたら、そういうのを孤独《こどく》って言うのかもしれない)

だから、コンビニのあかりが見えた時、ほっとした。

あのロゴの看板を見ると何となく安心するのは、東京での生活に馴《な》れたせいだろう。

もともとの出身は北海道《ほっかいどう》の山の中だけど、東京に来てから十年以上が経《た》った。

地元にはもう誰もいないし、実家も整理してしまったから、この雑多《ざった》で他人だらけの都会が私の唯一《ゆいいつ》の居場所だ。

好きなことを仕事にできて、お互いに融通《ゆうづう》をきかせあえる同僚《どうりょう》が居て、理不尽《りふじん》なことがあったら私以上に怒《おこ》ってくれる先輩や親身になってくれる仲間や友達がいる。

一人でいることの寂《さみ》しさをどことなく感じつつも、こういうのが幸せっていうんじゃないかなって思う。『幸せ』なんて臆面《おくめん》なく言えるほど若くもないけど、と思いつつ、でもそれはやっぱり幸せだった。

そういう時間を重ねて生きていくのだとずっと思っていたし、それを一度として疑ったこともなかった。

横断歩道の信号が青になる。

足を踏《ふ》み出した瞬間《しゅんかん》にキキーッという耳障《みみざわ》りなブレーキ音と、誰かの悲鳴が聞こえた。

（……まぶし……）

なんで眩《まぶ》しいのかわかったと思った瞬間、私の身体はふわりと宙に舞《ま》い、そして意識はホワイトアウトした。

第一章……わたしの事情

（……知らない天井《てんじょう》だ……）

ぼんやりと意識が覚醒《かくせい》した瞬間《しゅんかん》、目に入ったのは夜空の描《えが》かれた天井だった。視界一面の鮮《あざ》やかな瑠璃色《るりいろ》の中に、星が輝《かがや》いている。

（知ってる星座がないなぁ……）

のんびりとそんなことを考えて、それからそんな場合じゃないとハッとした。

（えーと、あれってたぶん、私、事故に遭《あ》ったんだよね。眩《まぶ》しかったのは車のライトで……でも、ここ病院じゃないよ。いや、特別室とかそういうのかな。え、ってか、いま何時？　私、どのくらい意識なかったんだろう？　もしかして、仕事すっぽかした？　店、大丈夫《だいじょうぶ》かな……あれ、保険証、どこやったっけ……？）

頭が急速に回転をはじめる。

（いや、いや、いや、考えていても仕方ない……とりあえず看護師さんを呼ぼう）

ナースコールのスイッチを探そうとベッドに起き上がって驚《おどろ》いた。

「……すご……」

天井だと思っていたのは天蓋《てんがい》だった。

私が寝《ね》ていたのは美術館にでもありそうな豪奢《ごうしゃ》な天蓋つきのお姫様《ひめさま》ベッドで、ふかふかの敷布《しきふ》もさることながら、ベッドカバーの刺繍《ししゅう》の精緻《せいち》さに目を見張った。まるで庭をそのまま縫い取ったかのような美しい花々で溢《あふ》れている。春の花……ちょっと色合いがくすんでいるのは、草木染めの自然な染色《せんしょく》によるものだからだろう。

「……あれ？」

ふと気付いた。

（私の手、小さくない？）

手が小さく、腕《うで》も細い。何よりも爪《つめ》が……長く綺麗《きれい》に揃《そろ》えられていてピカピカに磨《みが》かれている。料理をするから、普段こんなに長く伸ばさないのに。

違和感《いわかん》……何かがすごくおかしいのに、それがよくわからない。

そっと床《ゆか》につこうとした足が、思っていたのよりも短く……そして、間違いなく小さい。

（ち、縮んだの？　私）

そう思いつつ、頭のどこかにまったく違う疑惑《ぎわく》がわいてくる。

（……まさか……）

嫌《いや》な感じがする。頭の奥で警報が鳴っているような、ちょっと不穏《ふおん》な予感。

大丈夫、と自分に言い聞かせ、光を柔らかく透かす薄絹《うすぎぬ》の帳《とばり》を開いた。

(あ、これ、絶対に病院じゃない。……っていうか、日本ですらないかもしれない)

ちょっとしたホールくらいはありそうな広い室内……大きくとった窓からはレースのカーテン越《ご》しに陽光が差し込み、床は毛足の長いふかふかの絨毯《じゅうたん》が敷《し》きつめられている。

極《きわ》めつけは、頭上高くに煌《きらめ》くシャンデリア。こんなものがある病院を私は知らない。

(……天井、高い)

何とも贅沢《ぜいたく》な空間の使い方だった。だからこそ余計に、ここは日本ではないと感じた。

(なんか、ものすごくイヤな予感がする)

いや、ずっと頭の隅から消えることがない疑惑、の方が正しいかもしれない。

(……ううん。そんなこと、ない)

考えろ、自分に言い聞かせる。

だって、そんなことあるはずがない。

何度も何度も、繰《く》り返《かえ》しその可能性を否定する。

でも、何度見ても変わらないのだ。

(子供の、手)

ほっそりした……小さな手。指が長く、とても白い。

小さいころに不用意にオーブンを触《さわ》ってしまって残ってしまった火傷《やけど》の痕《あと》もないし、ちょっとしくじってペティナイフ刺《さ》しちゃった時の傷もない。

（私……）

だから、その可能性を考えないわけにはいかなかった。

（……死んだのかもしれない）

――――あの夜に。

『死』を思ったら、何かひやりとしたものが胸にさし込《こ》んだ。

それから逃《のが》れるように寝台《しんだい》に潜《もぐ》り込み、頭まで敷布をかぶる。別に寝台の中が安全ってわけじゃないけれど、そうやって布団《ふとん》の中で小さく丸まっていたら、少し落ち着いた。

でも、そうしたら更《さら》に気付いてしまった。

（……怪我《けが》、してないんだ……）

私が交通事故に遭ったのはほぼ確定している。そして、あの状況《じょうきょう》で無傷《むきず》で済むとは思えなかった。絶対に怪我をしたはずなのに、まったくの無傷ということは……。

（………やっぱり、そうなのかもしれない）

感覚は、『もしかして』と『やっぱり』の間をめまぐるしく行き来する。

（う、生まれ変わりとか……そんな感じ……？）

だって、『私』の意識があるのは絶対だ。

でも、この身体は『和泉麻耶《いずみまや》』のものではない。

だとすると、生まれ変わった自分っていうのが真っ先に思い当たる。

（いや、それはない。絶対ない！　……いや、でも、子供になってるっぽいし。……もしかして、夢、とか……）

でも、ふかふかのベッドに沈《しず》み込む身体や絨毯の足触りの感触《かんしょく》は、生々しかった。

（夢ならば、いつかは覚めるはず……）

私はそこで、ぎゅっと目を瞑《つぶ》った。


でも、どれだけ時間が経《た》っても、何度瞬《まばた》きしても、布団の隙間《すきま》から見る光景はまったく変わってはくれなかった。

（ゆ、勇気を出そう……）

もう一度確認《かくにん》するために、もそもそと起きだした。

ふかふかの羽根布団《はねぶとん》の中から出て絨毯を踏《ふ》みしめ、しっかりと立つ。それから、目を凝《こ》らして周囲を見回した。

直射日光の遮《さえぎ》られた室内はほどよく光が差し込んでいた。美しく装飾《そうしょく》された室内、磨きぬかれた調度類、部屋中に飾《かざ》られた花々……ただ高価そうというだけではないセンスの良さがある。

（とどめは、このお姫様ベッドか……）

明るめの色合いの木材で、天蓋の柱部分には蔦《つた》がまきついたような彫刻《ちょうこく》が施《ほどこ》されてる。葉は葉脈までリアルに掘《ほ》り込まれていて、木製だとわかっているのに、触《ふ》れて確かめたくなるくらい精密だ。

本当にステキなベッドで、こんな状況じゃなければ思いっきり満喫《まんきつ》したい。

（外国というより、ファンタジー小説とかそういう物語の中に入りこんだみたい）

私はその類《たぐい》の物語が好きだ。

ここではない……現実ではない世界の物語。

けれど、それはあくまでも物語だからだ。

こんな風に物語の中に入りこむような状況を望んでいたわけじゃない。

（部屋の感じとしては、イギリスとかフランスとかの古いお屋敷《やしき》っぽいかな……）

この部屋は、英国旅行した時に見学したカントリーハウスの一室のような、豪奢で重《じゅう》厚《こう》な雰囲気《ふんいき》がある。

ふと、正面の壁《かべ》にかかっていた絵に目をとめた。

くすんだ金色の額縁《がくぶち》は年代物だ。背景は明らかにこの部屋で、描かれているのは幼い女の子。

（うわー、可愛《かわい》い。天使みたい。ここの家の関係者かな）

年齢は十二、三歳くらい。淡い金の髪に青い瞳《ひとみ》……肌は抜けるように白くて頬《ほお》はほんのりバラ色で、絵に描いたような美少女だ。いや、絵なんだけど……え？

首を傾《かし》げて気付いた……これって……。

半信半疑で手をあげた。

絵の女の子も手をあげた。

舌を出してみた。

絵の中の女の子も舌を出した。

……訂正、絵じゃない。鏡だ。

「えええええええええっ――――」

私は盛大な絶叫《ぜっきょう》をあげ、それから、あまりのことによろめいてベッドに逆戻《ぎゃくもど》りした。


目が覚めて、三日目の朝がきた。私がどんなに現実逃避《とうひ》をしていても、朝はちゃんとやってくる。

（やっぱり、だめか……）

どうやら夢オチで終わるようなお手軽なケースではなかったらしい。

この三日の間に、いろいろなことがわかった。

まず、今の私は、正真正銘《しょうしんしょうめい》のお姫様だ。

アルティリエ・ルティアーヌ＝ディア＝ディス＝エルゼヴェルト＝ダーディエ。

この国の貴族の中の貴族とでもいうような四大公爵家《よんだいこうしゃくけ》の筆頭《ひっとう》たるエルゼヴェルト公爵を父に、現国王の異母妹《いぼまい》であるエフィニア王女を母に持つ由緒《ゆいしょ》正しいお姫様。年齢は、十二歳になったばかり。

そしてここは、外国どころじゃなくて、異世界だった。

異世界……異なる世界。

本当に、その通りだった。ここは私が生まれた日本ではなく、あの日本があった世界ですらない。目が覚めてから三日しかたってないけれど、でもここが、私の記憶《きおく》にあるのとはまったく違う世界だということは、すぐに理解できた。

なぜかといえば、ここには電気がない。

あちらの世界にも、もちろん電気がひかれていない場所はあった。でもそれは、技術的な……あるいはコストパフォーマンス的な問題でひくことができないという意味でだ。

少なくともこの室内の文化水準の場所でひくことができないということはありえない。ない、というのは文字通りない……存在しないということで、電気がないから、当然エアコンやテレビやオーディオ、照明などの各種電化製品も存在しない。

何しろ、この部屋のシャンデリアは油で灯《あか》りが点くのだ。夕方になると、ながーい梯子《はしご》をもって油をいれにくる人と火を灯《とも》しにくる人がいて、シャンデリアをはじめとする照明器具の灯りを点けてまわる。

照明が蠟燭《ろうそく》とランプだと知った時、軽くカルチャーショックを受けたのは内緒《ないしょ》だ。

何かするたびにカルチャーショックの連続なので、変な話、ショックを受けるのにもだんだんと慣れつつあるけれど。

「姫様、お目覚め……あら、もう着替《きが》えてしまわれたのですね」

入ってきたのは侍女《じじょ》のリリアだった。

私はその言葉にこくりとうなづいた。

自分一人で着られる服はそれほど多くないので選択《せんたく》の幅《はば》は少なかったけど、着替えをするのに誰《だれ》かの手を借りるのは、まだちょっとはばかられた。

(すごく大変だったけど)

あまり凹凸《おうとつ》がない、子供の柔らかな身体だから自分で着られたようなもので、もうちょっとボタンが多かったり、ややこしいものだったら無理だった。

リリアはそっと、私の腰《こし》の後ろの大きなリボンの形を整える。

彼女は、私についている侍女のまとめ役のようなものをしている。護衛の騎士《きし》達は何かあればリリアにお伺《うかが》いをたてるし、他の侍女達もリリアに指示を仰《あお》いでいた。

私の侍女達は皆、シンプルでシルエットの美しい黒いベルベットのワンピースを着ているのですぐわかる。襟《えり》とカフスは付《つ》け替《か》えができるようになっていて、日中はグレーのものを、午後からは白いものをつける。黒は王宮侍女のみが着用できる色のためか、身に着けている彼女達はどこか誇《ほこ》らしげでもある。

「朝食はこちらにお持ちしますか?」

もう一度うなづいた。

リリアはかしこまりました、と言って私の前から下がる。

その姿が扉《とびら》の向こうに消えてから、私はほっと小さく息をついた。

状況がよく飲み込めるまでは口を開かないようにしようと思ったのは、我ながらなかなか良い判断だったと思う。けれど、未《いま》だにそれが続いているのは、状況がいささか複雑すぎてどうしてよいかわからなかったからだ。

大事になってしまって口を開くタイミングを逸《いっ》してると言ってくれてもかまわない。

(まさか、ここまで大騒《おおさわ》ぎになるなんて……)

私の置かれている状況や周囲の事情がだいぶわかってから、ちょっとまずかったかもしれないとは思ったけれど、でも……やっぱり、だんまりを決め込む以外に手段はないような気もする。

（……たぶん私は、殺されかけたのだと思うから……）

あちらの世界で私が交通事故に遭ったように、こちらの世界でアルティリエは、バルコニーから落ちたらしい。『らしい』としか言えないのは、私がそれを覚えていない為だ。

現在の私は、事故の衝撃《しょうげき》で記憶を失い、更に声も失っている、ということになっている。

不用意に言葉を発してボロを出すわけにはいかないから、お口厳重チャックで周囲をよく観察し、耳を傾《かたむ》けることで情報収集中だ。

リリアだけでなく、私には何人かの侍女がついているのだけれど、彼女達が私に話しかけたり問いかけたりする言葉からいくつかのことがわかっている。

（どうやら、事故、だとは思ってないんだよね……みんな）

侍女達は、バルコニーから落ちたことを口では『事故』と言うものの、皆《みな》、どこかそれを信じていない。はっきりとは言わないけれど、アルティリエが不注意でバルコニーから落ちたとは思っていないらしい。

このエルゼヴェルト公爵の居城《きょじょう》は、湖の小島に建っている城だ。

そして、アルティリエが落ちたバルコニーは三階。三階といってもこちらは天井が高いので、とても三階建ての家というレベルではない。ビルでいえばその倍くらいの階数……五、六階にあたるのではないかという高さの三階だ。それにプラス崖《がけ》の分の高さがあると考えたら、十階建てマンションの屋上から墜落《ついらく》したのと一緒《いっしょ》くらいだと思う。

ちなみに、下は真冬の湖である。

（ホント、よく生きていたと思う）

私がいる部屋のバルコニー……ちなみに一階……から下を見てつくづく思った。普通《ふつう》だったら、たぶん助からない。

アルティリエが助かったのは、アルティリエがまだ子供で体重が軽かったことと、とてつもなく強運だったからだ。奇跡《きせき》と言ってもおかしくないと思う。

ただ、中身が今の『私』になっている点で本当に助かったと言えるのか、いささか微《び》妙《みょう》ではあるけれど。

（顔も見たことないけれど、三番目のお兄さん、助けてくれてありがとう）

アルティリエがバルコニーから落ちたその日は、湖には前夜から薄《うす》く氷が張っていた。けれど、三番目の異母兄《いぼけい》がどこぞの貴族のお嬢《じょう》さんと湖にボートを浮《う》かべてデートをする予定だったから、朝のうちに前もってかなりの部分の氷を割っていたため、日中にはもうほとんどの氷が溶《と》けて消えていた。だから、私は氷に遮られることなく水中に落ちたし、近くにいた異母兄が、私を即座《そくざ》に掬《すく》いあげることができたのだと聞いた。

彼がいなければ、墜落からは助かっても湖で溺死《できし》、あるいは凍死《とうし》だっただろう。

偶然に偶然が重なり、アルティィリエは無傷だった。外傷はほとんどなく、ほんの少し打撲《だぼく》の痕があるくらい。

こんな幸運は、本当だったら宝くじを当てることなんかに使いたい。

（もしくはそこまでの贅沢《ぜいたく》は言わないから、せめて命の危険のない安全なところで生活したい！）

ここはアルティィリエの生家だけれど、彼女にとって絶対に安全な場所とは言えない。

むしろ、なかなかに危険な場所の一つである。

（だって……）

アルティィリエであるところの私は、かなり複雑な立場に置かれているのだ。


この国では、フルネームを聞けばどういう血筋の誰なのかがわかる。

簡単な区別だけど、名前が長ければ長いほど身分が高いと判断していい。一般《いっぱん》市民は名も姓《せい》も一つずつで、称号《しょうごう》もない。

今の私のフルネームは、アルティィリエ・ルティィアーヌ＝ディア＝ディス＝エルゼヴェルト＝ダーディエという。

アルティィリエ・ルティィアーヌというのが名前。これは、古代語で書かれた聖書の冒頭部分からとっていて、『光の中で輝く光』を意味する。

名付けたのは、母だ。私を産むのと引《ひ》き換《か》えのようにして亡《な》くなった母と私のたった一つの絆《きずな》が、この名前だ。

そして、『ディア』というのは、王族を意味する称号。

『ディア』は、王の子・孫に与えられる。その血に与えられるため、王族の配偶者《はいぐうしゃ》には与えられない。私の『ディア』は王女である母の子であり、ひいては前王の孫であるから。

『ディス』は、妃《きさき》という意味で、王族と四大公爵の正式な結婚による配偶者にのみ与えられる称号の一つ。

そう。なんと、アルティリエ……つまり、私は齢《よわい》十二にして既婚者《きこんしゃ》なのだ!!!

これ、知ったときにはちょっと唖然《あぜん》とした。

アルティリエの夫は、現国王の第一王子にして王太子であるナディル・エセルバート＝ディア＝ディール＝ヴェラ＝ダーディエ殿下《でんか》だ。

王太子ということは未来の王様となることがほぼ確定している。その正妃《せいひ》だから、女性の身分としては最高の部類だ。

政略結婚に年齢は関係ないというけれど、アルティリエはまだ十二歳。それもわりと発育不良気味で年齢より幼く見える。なのに、人妻って！　元の私は、三十三歳で独身だったのに！　元の自分の不甲斐《ふがい》なさにちょっとがっくりしてしまう。

個人的な事情はさておき、アルティリエが結婚したのは生後七ヶ月だったというから、もう何も言えないというか……私にどうこうできるレベルの話じゃない。良いか悪いかを論じるところを通り越している。

最後に姓。女性の姓は、結婚後は生家と婚家《こんか》を結ぶからエルゼヴェルト＝ダーディエ。これが未婚《みこん》だと母の生家と父の生家を結ぶ。私の場合は順番が入れ替わるだけで組み合わせは一緒だ。

エルゼヴェルトというのは父の姓になる。

アルティリエの父は、現エルゼヴェルト公爵レオンハルト・シスレイ＝ヴェル＝ディア＝アディニア＝エルゼヴェルトだ。

エルゼヴェルトは建国時《けんこくじ》から続くダーディニア王国有数の大貴族で、王国の四方の要《かなめ》である四大公爵家の筆頭。現公爵は東方師団の将軍職《しょうぐんしょく》を預かる武人であり、その他の親族も王宮で顕職《けんしょく》にある者が多く、政治的にもかなりの影響力《えいきょうりょく》を持っている。

だからこそ、王女の降嫁《こうか》が実現した。

母の姓であるダーディエ。それは、このダーディニア王国の王家の姓だ。

私の……アルティリエの母は、王家から降嫁した前王の末王女でエフィニア・ユディエール＝ディア＝ディス＝ダーディエという。

直系王族だから母の姓は一つしかない。直系の王子、王女はその姓に婚家のものを重ねない。王の子は、どこに在《あ》ろうとも王の子であるからだ。

アルティリエは、王女と国内有数の大貴族の当主との正統な婚姻《こんいん》の間に生まれたこの上なく由緒正しい血筋のお姫様で、幼いといえど王太子妃という高位にある。

そのうえ現在、エルゼヴェルト公爵家には後継《あとつ》ぎがいない。五人も居る異母兄には相続権がなく、今のところアルティリエ……つまり、私だけが唯一《ゆいいつ》の相続者なのだ。

なぜ、私が殺されかけたのかはわからない。でも命を狙《ねら》われるに充分《じゅうぶん》な理由はある。

(といっても、私には何もしようがないんだけど……)

理由がたくさんあっても、本当のところはわからない。だいたい、王太子妃にして筆頭公爵家のただ一人の相続者だなんて、物語でも設定盛《も》りすぎだろう。

(……あ……)

ふと耳を掠《かす》めた音。

(もう、そんな時間か……)

廊下《ろうか》の方からカタカタと音がしてる。

何度か聞いた音……朝食のワゴンが運ばれてくる音だ。

わーい、朝ごはん！　と思ったらおなかが小さく鳴った。

こんな時でもおなかだけはしっかりすく。

(とりあえず、食べてから考えよう……)

私は問題を先送りにした。……逃げたわけじゃない、決して。

（しっかし、何度見ても奇跡だなぁ……）

バルコニーに設置された椅子《いす》に腰掛《こしか》けて、ぼんやりと湖を眺《なが》める。

目覚めた初日はさすがにベッドから出してもらえなかった。

その後は部屋の中でなら起きていることを許されたけれど、もちろん外になんか出してもらえなかった。あまりの息苦しさにほんのちょっとだけ廊下に出てみたら、廊下に掛《か》っている絵に夢中になってしまい、気付けばこの広いお城の中で迷子になっていた。

何とか自室近くまで戻って来たと思ったら、今度はものすごい形相をした屈強《くっきょう》な男達と鉢合《はちあ》わせてしまい、反射的に逃げた。言い訳するようだけど、あの顔を見たら誰でも逃げずにはいられないと思う。

それで、私は男達に追いかけられて城中を迷走《めいそう》し、墜落現場の三階のバルコニーにたどり着いて、そのあまりの高さに眩暈《めまい》をおこしてベッドに逆もどりした。

（あれはたぶん、私を探してくれていた人達だったんだよね）

あんまりにもすごい形相で追いかけてきたので、たまらず逃げ出してしまった。

きっと大騒ぎになっていたのだろう。気絶してしまった私はその顚末《てんまつ》を知らないけれど。

(ごめんなさい、もう勝手に廊下に出たりしないから)

心の中で謝罪の言葉をつぶやき、小さな吐息《といき》を漏《も》らす。

あんな事件があった後に部屋を抜け出すようなことをするべきではなかった。……そのつもりはなかったとはいえ、結果として迷子になったので、抜け出したと判断されても言い訳のしようがない。

さっきも、リリアから絶対に部屋から出ないでくださいと念を押されてしまった。

反省しているからこそ、朝からずっとおとなしく椅子に座り続けている。

(なんか、人形になった気分だわ)

目の前の光景は、まるで絵のように美しい。

鮮やかな青い空、向こう岸には深い森が見える。

セラード大森林……ダーディニア有数の森林地帯で、その半数以上の樹木は樹齢《じゅれい》五百年を超《こ》えるという。この大森林の奥には旧帝國《ていこく》時代の遺跡《いせき》があるそうだ。

(景色は綺麗なのに……)

どうも素直《すなお》にその景色を楽しめない。何だか、気持ちが竦《すく》むのだ。

今の私の部屋は一階だけど、湖の上に張り出したバルコニーから景色を見るだけでも何だか全身がきゅっと縮こまるような気がする。

（記憶はなくても、身体が覚えてるのかもしれない……落ちた時のことを）

意識不明で一週間寝込《ねこ》んだらしいけれど、勿論《もちろん》覚えていない。それだけ寝込んだ割には、身体は何でもなかったと思う。

目覚めた当初はずっと寝ていたせいであちらこちら痛かったりもしたけれど、今は全然平気だ。

（私を殺そうとしていた人、びっくりしてるだろうなぁ）

アルティリエが落ちたとされるバルコニーは、三階の端《はし》。絶対にアルティリエが一人で行くような場所ではないと侍女達が力説するような場所だ。

そもそもあそこは遊戯室《ゆうぎしつ》で、女性が足を踏み入れるようなところではない。

遊戯室というのは、夜会や食事会などの後、男性達が葉巻《はまき》や煙草《たばこ》を楽しみながらあちらの世界でいうビリヤードやダーツに似た遊戯に興じる部屋で、当日も使われていない。

アルティリエは亡き母の葬祀《そうし》に参加する為にこの城を訪《おとず》れている。葬祀というのは、あちらでいうお年忌《ねんき》と似たような意味をもつ儀式《ぎしき》だ。とても厳粛《げんしゅく》なものなので、その為に訪れた少女が遊興に耽《ふけ》るための遊戯室に足を踏み入れるとは考えにくい。

更にダメ押しで付け加えるならば、物心ついたときから王太子妃であり生粋《きっすい》のお姫様育ちのアルティリエには、一人でどこかに行くという発想自体がない。

昨日の脱走騒動《アレ》は、中身が『私』だったからの結果だ。

だからこそ護衛の騎士やお供の侍女達が誰一人気付かぬうちに、足を踏み入れる理由のない場所からアルティリエが落ちるなんてことは、本当にありえないことなのだ。

リリアなどは、あからさまには口に出さないけれど、誰かに拉致《らち》され、ベランダから突《つ》き落《お》とされたのではと考えている。

エルゼヴェルト公爵家側は必死になって取り繕って『事故』と言っているが、これは間違いなく『事件』だ。

それも立派な『王太子妃暗殺未遂《みすい》事件』である。私が脱走しようとした影響もあるが、リリアや護衛の騎士達がぴりぴりしてるのも無理はない。

(私に記憶があれば、話は簡単だったけど。ただ……事故ではないという決め手もないわけだし……)

ちょっと嫌な考えになってしまって、それを振り切るように首を振った。

視線の先で湖面に映る白亜《はくあ》の城が揺《ゆ》れる。湖の上に建つ城というのは、絵的にはとっても綺麗だけど使い勝手が悪そうだ。

お城のある小島と陸地を繋《つな》ぐのは、大人三人がかりでやっと動かせる巻き上げ機で上げ下げする跳《は》ね橋《ばし》だけ。それを毎朝毎夕、上げ下げしているのだ。ひどい音がするからそれで目が覚めることもある。

(……巻き上げ機に油させばいいのに)

いや、油さしたくらいではどうにもならないのかもしれないけど。

ふと、気配に振《ふ》り向《む》くとリリアが近づいてくる。

「お茶になさいますか？」

私はこくりとうなづいた。


あんな事故のあとだからなのか、日々の時間は淡々《たんたん》と流れてゆく。

時間の単位は、分＝ディン、時間＝ディダと読む。二十四時間で一日なのは、元の世界と変わらない。

朝は目覚めるとまず洗顔と髪のセットをし、着換えが終わるまでにだいたい四十分から五十分くらい。身支度《みじたく》が終わったら三十分ほどかけて朝食をいただく。もっとゆっくりとるものらしいけれど、一人での食事だからさほど時間もかからない。

朝食後には挨拶《あいさつ》を受ける。私の元に挨拶にくるのは、父である公爵だけだ。アルティリエは生まれてすぐに王都の屋敷に移り、生後七ヶ月目からは王宮暮らしなので、彼にとって娘《むすめ》だという感覚は薄いのだと思う。しかも今は中身が私で、私にはさらに父親である感覚が薄くて、どっちもどっちという感じがする。一緒に同じ時間を過ごすようなことはまったくなくて、朝の挨拶をした後は一日中顔を合わせない。

他に挨拶に来る人間はおらず、私から誰かのところに挨拶に行くこともない。

それは、私に目通りするほど身分のある者が公爵の他にいないからだ。そして、私が自分から挨拶に行くのは、国王夫妻と夫である王太子殿下だけだとリリアが教えてくれた。

それで、この挨拶が終わると自由時間になる。

（なんか、放置状態っぽいような……）

もしかしたら、王宮ではこの時間に習い事とかがいろいろあるのかもしれないけれど、実家とはいえ旅先であるここにはそれがない。

私の周囲にいるのは、リリアをはじめとする数名の侍女達だ。

彼女達は王宮の侍女で、このお城の侍女ではない。リリアは王家直轄領《ちょっかつりょう》の租税《そぜい》管理官である子爵家《ししゃくけ》の令嬢《れいじょう》で、他の侍女達も身元が確かな貴族の令嬢達だという。

リリアは、私が事故に遭ったことにとても責任を感じていて、言葉を失ったと思われている私にいろんな話を聞かせてくれる。少しでも声を――言葉を取り戻そうと努力してくれているのだ。

アルティリエはもともとほとんどしゃべらない無口な子ではあったけれど、しゃべれないわけではなかった。

無口なのとしゃべれないのは、結果にそう差はなくても意味はまったく違う。

（……ごめんね、しゃべらなくて）

私は、アルティリエだ。

こうしてここにいる以上、それが今の私の現実。

けれど……こうして状況を確認するためと自分に言い聞かせながら口を開かないでいるのは、それをまだ認められないからかもしれない。

医師の診断《しんだん》で、アルティリエは事故のショックで言葉を失い、ついでに記憶も失っているらしいとされている。らしい、というのは、私がしゃべらないから確認がとれない為。

一言で言ってしまえば、自主的に声を発するふんぎりがつかないでいるのだ。

自分がアルティリエであることはわかっている。

その置かれている状況もだいぶわかった。

……でも、積極的にアルティリエとしてこの世界で生きていく決断ができていない。

(優柔不断《ゆうじゅうふだん》なだけなんだけど)

正直言って、アルティリエはとても可愛い。しかも、とびっきり由緒正しい血筋で、かつ王太子妃という身分もある。うまくやればこの世界でも生きていけるだろう。

リスクもあるけれど、条件面だけでいえば元の世界とは比べものにならない好条件がそろっている。

それでも、私は元の世界を思わずにはいられない。

(戻れないのに……)

それだけは、何となくわかっていた。

あの時、たぶん私の――和泉麻耶の生命は失われた。

そして、私の魂《たましい》はアルティリエに生まれ変わったのだと思う。

（……どう考えても、その可能性が一番高い）

漫画《まんが》とかで幽霊《ゆうれい》になってのりうつるとかあったけれど、それはその身体の人格が別にあった。でも、今の私は違う。一つの身体に一つの魂しか宿っていない。そして私は、和泉麻耶もアルティリエも同じように『私』だと感じる。

（それがわかっても、私にはどうしようもないけれど……）

ため息をひとつ。

（いけない、いけない。あんまりため息ばかりついていると幸せが逃げるって言うし）

とはいえ、目が覚めてから、自分ではどうにもならないことばかりで、ため息の連続だ。

（記憶喪失《そうしつ》っていうお医者さまの診断は都合がいいけど……）

ちょっとくらい何かおかしくても、墜落事故のショックでごまかせる。

それに、アルティリエの無口っぷりは相当なものだったらしい。

侍女達ですらその声をほとんど聞いたことがなく、だいたいの意思疎通《そつう》は首を振るかうなづくかだけだったという。

（ついたあだ名が、人形姫だし……）

人形と呼ばれるほどしゃべらないお姫様は、何を考えてそうしていたのだろう？

私は、その理由を知りたかった。たぶん、今の私とはまったく違う理由だろうけれど。

「お待たせいたしました」

リリアが運んで来たワゴンからは、良い匂《にお》いが漂《ただよ》ってくる。

焼きたてのフィナンシェやマドレーヌを見た瞬間、私は思わずにっこりと笑った。

わーい、すごくおいしそう。

「姫さま？」

一瞬《いっしゅん》、リリアの動きが止まる。周囲のほかの侍女達がはっと息を呑《の》んだ。

空気が緊張《きんちょう》の色を帯びる。

その理由がわからなくて、私は小さく首をかしげた。

「い、いえ、何でもありません。さ、どうぞお召《め》し上がり下さい」

こくり、と私はうなづく。皆がどことなくぎこちなかったけれど、追求はしなかった。

まさか、私が笑ったことを皆がそんなに驚くなんて思いもしなかったのだ。

（んー……おいしい！　うわ、これ作った人、天才！　レシピ知りたい！）

綺麗なきつね色のフィナンシェは、たっぷりのバターを使った甘《あま》さ控《ひか》えめの一品。口にするとふんわりとバターの香《かお》りが広がって、ほろりと口の中で生地《きじ》がほどける。

こういう焼き菓子《がし》は、きつね色を焦《こ》げ色にしないその焼き加減が一番難しい。甘さ控えめといえど、砂糖を使っているから焦げやすいし。

（んー、でも、これは砂糖より後をひく甘さだよね。んー、蜂蜜《はちみつ》かな……うん。たぶん、蜂蜜だ）

ちょっとクセのある甘味《あまみ》がする。でも、濃厚《のうこう》なミルクを使っているからそのクセがいい感じなのだ。これ、絶妙《ぜつみょう》なバランス。

綺麗な琥珀《こはく》の水色《すいしょく》の紅茶を飲みながら、二つ目に手を伸ばす。

（この緑、なんだろう……ほうれん草？　よもぎ？　たぶん、抹茶《まっちゃ》ないしな……この国）

緑色をしたフィナンシェ。何かの野菜の葉っぱだと思う。ちょっとほろ苦な感じがすごくおいしい。

「それはザーデのフィナンシェです。ザーデは栄養価が高い野菜なんですよ」

嬉《うれ》しそうにリリアが説明してくれる。

なるほど、やっぱり野菜だったかと思いながらおいしくいただく。甘いものを食べると、どうしてこんなに幸せな気分になれるんだろう。すごく不思議。

（どうしよう、三つ目食べようかな、やめようかな……）

ダイエットに気を配る年齢でもないんだけど、昼食が食べられないのは困るし。

「こちらはラグラ人参《にんじん》ですけど、あまり人参の味はいたしません」

（別に私は人参平気なんだけど、アルティリエは嫌《きら》いだったのかな？）

まあ、いいや、と思いつつ三つ目に手を伸ばす。

人参本来のほのかな甘味がおいしい。これを作った人、名人だと思う。弟子入《でしい》りしたいくらいだ。野菜本来の味を生かしつつ、お菓子《かし》としても普通においしい。

売り出したら絶対に売れると思う！　あ、でも、砂糖とか貴重品そうだからコストパフォーマンス的に無理か。

後にこのお菓子をめぐってちょっとした騒ぎがおこるのだけれど、勿論この時の私は何も知らなかった。

それで結局、アーモンドとレーズンのものもあわせて、合計五個も食べた。

なぜか、侍女達がみんな満足そうだった。

☆

何もすることがないというのは、なかなか苦痛だ。

食事の時間で区切りというか時間の感覚を取り戻しているけれど、朝なんだか昼なんだか一瞬わからなくなったりもする。

（んー、いい匂い……にんにく炒《いた》めてるっぽい）

厨房《ちゆうぼう》が近くにあるのか、風の中に食欲をそそる匂いが混じっている。

この国では、夕食はだいたい夜の七時前後。まだ時間があるので、これからどうするかの基本方針を考えてみた。

そもそも、ここに来た主目的である母の葬祀は終わっている。墜落事故がなければ、私はもうとっくに王都に戻っていただろう。

（でも、王宮に帰るっていっても、犯人捕《つか》まってないし……よーく考えると王宮が安全って保証があるわけでもないし……いや、でもここよりはマシなのか……）

「姫さま…… いえ、妃殿下《ひでんか》」

つらつらそんなことを考えていると、リリアが珍《めずら》しく私に『妃殿下』と呼びかける。

彼女が妃殿下と私を呼ぶ時は、それが公《おおやけ》の何かの用事であることを意味しているのだと、この数日で理解していた。

何？ というように視線を向ける。

「……エルゼヴェルト公爵より、公爵夫人《こうしゃくふじん》以下、子供達を拝謁《はいえつ》させたいとの申し出がございました」

瞬間、私は軽く首を傾《かし》げる。

「公爵閣下は妃殿下に、義母《ぎぼ》である夫人と兄君達をご紹介《しょうかい》したいとお考えのようです」

いや、意味はわかっているんだけど……ちょっと、考えてしまう。

なぜならば、何度も言っているように、単純だけど複雑な事情があるからだ。

ここでおさらいです。

私は、公爵と王女との間の正式な婚姻により生まれた公爵令嬢で、今は王太子妃です。

正式な婚姻とわざわざつけるのは、このダーディニア王国ではそれがとっても重要視されるから。それを踏まえた上で、私の立場と複雑な状況について整理してみると、これが、何ていうかすごくメロドラマ的だったりする。

父であるエルゼヴェルト公爵にはアルティリエの他に五人の子供がいる。五人全員が息子《むすこ》で、彼らを産んだのは後妻に入った現公爵夫人ルシエラだ。

ここでのポイントはまず、彼女は『妃《ディス》』ではなく、『夫人《フィス》』であるということ。『夫人《フィス》』は『妾《めかけ》』ではない。正式な妻ではあるけれど、『妃《ディス》』の持つさまざまな権利を持たない。ルシエラは『妃《ディス》』になれる身分ではないのだ。

とはいえ実際には、ルシエラより下の身分であっても『妃《ディス》』となった女性は何人もいる。

でも、おそらくルシエラは永遠にその座につくことができないだろう。

王家は絶対に、彼女に『妃《ディス》』の称号を認めないからだ。

それには、もちろん理由がある。

ルシエラの産んだ子供は上から、アラン・ディオル・ラエル・イリス・エルス……アランが二十四歳で最後のイリスとエルスの双子《ふたご》が十七歳だ。勿論、父親はエルゼヴェルト公爵である。

年齢的におかしい！　と思う人も多いだろう。だって、後妻に入った女性の子供の方が前妻の子である私よりだいぶ年上なのだから。

でもこれは実に単純な事にすぎない。平たく言ってしまえば、彼女はずっと父の愛妾《あいしょう》で、私の母が死んで晴れて後妻になったというだけのことだから。

私の父であるエルゼヴェルト公爵は、私の母、エフィニア王女が生まれた時に彼女の婚《こん》約者《やくしゃ》になった。これは公爵家が強く望んだものであり、また、年齢差があったにも関わらず、政治的な事情から王家はそれを退けることがなかった。

四大公爵家と王家は互《たが》いに何代にもわたって通婚《つうこん》を繰り返しているけれど、中でもエルゼヴェルト公爵の配偶者はほとんどが王家からの降嫁で、それが不文律と化しているようなところがある。

だからこそエルゼヴェルト公爵家は王家のスペアなどと言われたりするし、女王が即位《そくい》する場合の王配の第一候補は、必ずエルゼヴェルトからと暗黙《あんもく》のうちに定められている。

注意してほしいのは、私の母である王女が生まれた時点で私の父が既《すで》に十五歳だったこと。そしてこの婚姻は、王家よりも公爵家が強く望んだものであること。

この年齢差が、後のすべての事象の元凶《げんきょう》となった。

父・レオンハルトがフィノス伯爵《はくしやく》の一人娘であるルシエラと恋に落ちたのは彼が二十《はた》歳《ち》の時のことだ。

この時点で私の母であるエフィニア王女はまだわずか五歳。婚約者といっても五歳児ではどうにもならないのが普通だから、レオンハルトとルシエラの仲は歓迎《かんげい》されないまでもわりと大目に見てもらえた。

一地方貴族にすぎぬフィノス伯爵にとって、娘が次の公爵の寵《ちよう》を受けることは願ってもないことだったし、王家に次ぐ四大公爵家の当主に愛人の一人や二人いてもおかしいことではない。むしろ、いない方が珍しい。

やがて二人の間に子供が生まれる。

それが、長男のアラン。アランの生まれた二年後にはディオル、そのまた二年後にラエルが……そして、その三年後には、イリスとエルスの双子が生まれた。その時点でまだ二人は結婚していない。

できるはずがない。レオンハルトは王女の婚約者なのだから。

とはいえ、レオンハルトとルシエラはもはや夫婦《ふうふ》同然だった。彼等自身の間でも、他の誰が見たとしてもそうだっただろう。最早《もはや》、ルシエラは単なる愛人とは言えなかった。

他に何人も愛人がいたのだったら、問題にもならなかった。王女の降嫁する先として相応《ふさわ》しいかどうかはともかく、何人もの愛妾に何人もの子供がいることはどこの国でも珍しい話ではないし、それなら事態もここまでこじれない。

けれど公爵は、他に愛妾も愛人もいない。皆無《かいむ》というわけではなく、何人か手をつけた女はいるのだが、ただそれだけだという。

（一番感心したのは、手をつけた女性が何人いるかまで知っている侍女達だ。すごいよ、私の侍女。どこの諜報《ちょうほう》部員だ）

この時点で、公爵は王女の降嫁の希望を取り消すべきだったと私は思う。

けれど、彼はそれをしなかった……政略的なことや政治的なことがいろいろあったのだろう。だが、公人としてはともかく、私人としてのその判断は最悪だ。

（結果、私の今の状況を複雑にしてくれているお母さんの悲劇がおこったのだ）

既に五人の子持ちで十五歳も年上の、しかも妻同然に遇《ぐう》している女性のいる男の下に、たった十五歳の王女が降嫁した。これは、王女の側からみればとんでもない悲劇だ。

この時点で、王女がルシエラに勝っていたのは身分だけだった。

そして、若さは彼女の武器とはならなかった。

明るく可愛らしいエフィニア王女は、王宮で皆に愛されて育ったという。厳格な父王ですら王女には笑《え》みを見せたし、気難しい異母兄達も溺愛《できあい》し、宮中の使用人達は王女の用を務める誉《ほま》れをとりあったという。もちろん、国民の人気も高かった。

けれど、男の目には彼女はただの子供にしか映らなかった。

女としての魅力《みりょく》……落ち着いた物腰《ものごし》や成熟した身体……そういう意味で男を魅《ひ》きつける何かを十五歳の少女が持っていたはずもない。しかも、ルシエラはすでに五人も子供をもうけていた……きっと彼女には、愛されている自信があったに違いない。

せめてあと五年あれば、その立場は逆転したかもしれない。

肖像画《しょうぞうが》を見る限り、エフィニア王女は素晴《すば》らしい美貌《びぼう》の持ち主だった。彼女から生まれた自分の顔を見てもそう思う。

でも、彼女には時間がなかった。

私が生まれたその夜、公爵は別邸《べってい》で行われていたルシエラが産んだ末双子の誕生祝いのパーティーの席にいた。彼は、年若い初産《ういざん》の妻の破水の知らせを無視し、パーティーを続けた。妻の出産よりも愛人の子供の誕生祝いを優先させたのだ。

ダーディニアでは、普通は父親が名をつける。けれど、私に名をつけたのは母だった。

すごく綺麗な名前だと思う。聖書の冒頭の一節でもあるアルティリエ＝ルティアーヌ……光の中で輝く光……という名前が私はすごく好き。

そして、母……エフィニア王女は、私の洗礼の為にそこにいた国教会の枢機卿《すうききょう》……現在は最高枢機卿となられているジュリウス猊下《げいか》に願ったのだという。

『お願いです。どうか、私とこの子を王都に帰らせて。ここにはもういたくない』

それが、彼女の『最後の願い』となった。

容態が急変したエフィニア王女が、その一時間後に息をひきとったからだ。

『最後の願い』というのは特別なものだ。

国教会の教えにおいて『最後の願い』は必ず叶《かな》えられる、とされている。

あちらで言う遺言《ゆいごん》のようなものだが、その強制力は段違《だんちが》いだ。何しろ国教会が持つ権威《けんい》と権力のすべてをかけてその願いを実現させる。

たとえ、その遂行《すいこう》にどんな障害があろうとも。それが、どんなに困難な願いであっても。

だからこそ『最後の願い』と正式に認定《にんてい》されるのには厳格なルールがある。

そうでなければ、故人の最後の願いだと言って臨終《りんじゅう》の席にいた人間達が勝手なことを言い出すおそれがあるからだ。

私が生まれたその夜、その時だったからこそ、すべての条件が整い、最後の願いは成立した。

翌日、公爵が駆《か》けつけたときにはもうすべてが決まっていた。

――――エフィニア王女は王家の霊廟《れいびょう》に葬《ほうむ》られ、私は王都で育てられるということが。

降嫁した王女が実家である王家の霊廟に葬られるというのは、まずもって前例がない。

その前例がないことが、最後の願いとはいえその場で認可《にんか》されたあたりに、言葉にしない事情が含《ふく》まれることをわかってもらえると思う。

たった二年の結婚生活は、王女に苦痛しかもたらさなかったのだ。

「妃殿下、どういたしましょう？　内々のお申し出ですが……」

考えこんでしまった私に、リリアが重ねて問《と》い掛《か》ける。

（助けてくれた三番目のお兄さんには個人的に会ってお礼を言いたい。でも、それとこれとは別にした方がよい気がする）

私は小さく首を傾げ、それから首を横に振った。

別に父親の愛妾だった後妻を認められないほど潔癖《けっぺき》なわけではない。私はアルティリエの記憶を持たないし……でも、やっぱり、公爵と公爵夫人を許せないという気持ちはある。

（お母さんが可哀想《かわいそう》だ）

そう思うと、何かがこみあげてきて鼻の奥がツンとした。

（私は、アルティリエなんだ……）

今更《いまさら》だけど。これまでも、自分がアルティリエだとは思っていた。ただ、実感があまりなくて……半分くらい、自分に言い聞かせているような感じだった。

けれどこんな時、アルティリエと私はつながっているというか、本当にアルティリエなのだと思う。

胸の裡《うち》に、ひたひたと満ちてくる感情がある……哀《かな》しみにも似た、何か。

泣きたいような、叫《さけ》びたいような何か。

それは、この世界を知らない和泉麻耶が持つはずもないモノだ。

いくら悲劇的……と思っても、所詮他人事《しょせんひとごと》ならば、本を読んでいるように、あるいは、ドラマを見たように通り過ぎることができる。

なのに、胸の奥に降り積もる何かがあって、それを無視することが出来ない。

ただ、話を聞いただけなのに、決して忘れることは出来ないと思う。

だから……。

（お会いしません）

私がもう一度静かに首を振ると、リリアがどこかほっとしたような顔で頭を下げた。


この国では、夕食は煮込《にこ》み料理がメインらしい。

昨日は私の知らない白身魚の煮込みで、一昨日はたぶん豚肉《ぶたにく》の煮込み。そして、今日は鴨《かも》の煮込みだった。

味付けは塩と胡椒《こしょう》をメインに、いくつかの香草《こうそう》を組み合わせている。私の好みからするとちょっと香草がダメ。香りが強すぎる。ついでに塩が利《き》き過ぎで鴨肉《かもにく》が固すぎる。

せっかく脂《あぶら》がのっていて良い感じの鴨なのに、すごく残念。

（私だったら、柑橘《かんきつ》利かせた鴨のコンフィにする。いや、鴨南蛮《かもなんばん》もいいかも。いっそ、鴨とネギを炭火で焼いて塩ダレで食べるとか……）

昼間のお菓子の職人さんに比べたら、これを作った料理人は段違いに腕が悪いし、この香草の量はいただけない。香りの強烈《きょうれつ》さにちょっと泣きそうになる。

（下拵《したごしら》えをもっと丁寧《ていねい》にしようよ。そうすれば肉も柔らかくなるし……こんな香草でごまかさなくても鴨の臭《くさ》みは消えるのに）

鴨には独特の匂いがある。それがおいしくもあり、どうしようもないまずさにもなる。鴨が嫌いって人は、だいたい、この匂いがダメみたい。

（この世界の人の味覚も、そう私と違いはないと思うんだけど）

食べ慣れているものとか、文化の違いとか、はたまた、食べる場所や一緒に食べる人間や雰囲気……味覚にはいろいろな要素が影響するけれど、それでも『おいしい』ものは『おいしい』はずだ。

私の中の『おいしい』の基本ルールは、『旬《しゅん》の食材を、最適な時に、素材の味を活《い》かしたシンプルな形でいただく』ことだ。

『美味』をつくるのは、高級な食材がすべてではなく、職人の腕がすべてでもない。

（空腹は最高の調味料！）

呪文《じゅもん》のようにその言葉をとなえて、私はパンを口にした。

白い柔らかなパンは、まだぬくぬくの焼きたての残《のこ》り香《が》がある。これは、はむっと噛《か》むだけでしっかりとした小麦っぽい味があってかなり気に入った。

本当はバターかジャムが欲しいけど、それは贅沢というものだ。目に付くところには何もないから、パンだけで我慢《がまん》した。

それから、バターと塩で炒めたザーデを食べて、ハーブ水を飲んで食事を終わりにする。

(ごめん、この鴨を全部食べるのは私には拷問《ごうもん》だから……)

幼いお姫様である現状、自分で調理をすることはたぶん許されないと思うのだけれど、でも、あえて言いたい。

(お願いだから、私に作らせて！　ううん、百歩譲《ゆず》って、指示させてくれるだけでもいいから！)

そうしたら、もうすこし食欲がわくと思う。

何とか食事を済ませて、食後に何をしようかと考える。ちょっとだけ現実逃避《とうひ》だ。

夜の自由時間は、だいたい本を読んでいることが多い。

今読んでいるのは、リリアが持ってきてくれた王国の歴史書だ。どうやら、アルティリエは歴史が好きだったらしい。

今の私には必要な知識だからとてもありがたい。

（アルティリエって、実はすごい女の子だと思う）

私にアルティリエの記憶はない。でも、彼女の知識はある。

まず、言葉に不自由しなかった。日本語ではないし、それなりに使える英語でもフランス語でもないけれど、わかる。読み書きにも問題はなかったし、歴史書には古いもの……古語で書かれているものも混じっていたのに、特別な用語以外はすんなりと読めた。

別に頭の中で日本語に翻訳《ほんやく》しているわけではなく、ちゃんとダーディニアの公用語である大陸共通語で考えている自分がいる。しばらくたつまで、日本語ではないのにちゃんと言葉がわかっていることを不思議に思わなかったくらいだ。

それから、少しずつ甦《よみがえ》ってきている教養方面の知識がとても役に立っている。

例えば、ティーカップを見た時に、そのカップの形の種類だったり、絵付けの技法だったり、窯《かま》の名前やその来歴が思《おも》い浮《う》かぶ。他にも、地名を聞くとその土地の名所や特徴《とくちょう》や治めている貴族の名が頭の中に浮かんできたりするのだ。

比較《ひかく》対象になるような人間が周囲にいないから正確なところはわからないけれど、十二歳の女の子としてアルティリエはかなり博識だったのではないだろうか？

何よりも私が感心したのは、アルティリエが自分の護衛の騎士と侍女の名前を全員フルネームで知っていたことだ。

それは彼女が、皆の家系や地位についてちゃんと把握《はあく》していたということだ。なかなかできることじゃないと思う。

（王太子妃、か……）

幼くても、アルティリエは王太子の妃としての自覚があったのだろう。

目が覚めてすぐにはわからなかったいろいろなことが、こうやって落ち着いてくるとだんだんわかってくる。

のんきにしているけれど、本当はわからないことばかりで戸惑《とまど》いの連続で、何も見えない手探《てさぐ》り状態の中に放《ほう》り込まれた感じがしている。

でも、時間を過ごしていくうちに、麻耶とアルティリエが重なっていく。

どこか白昼夢のように現実感が乏《とぼ》しかった部分が、日々過ごす時間や浮かび上がる知識に裏付けされて、明確に自分の中に刻まれていくかのように感じる。

知識もまた記憶の一部であるに違いないから、いつか私は自分がアルティリエであることをまったく疑わなくなるのかもしれない。

「食後のお茶には、ロブ茶をご用意しました」

私は、リリアの声に顔をあげた。

ロブ茶は飲むとさっぱりするお茶。

ほうじ茶+烏龍茶《ウーロンちゃ》みたいな味で、油っぽいものを食べた後には必ず出てくる。油分を洗い流してくれるという。クセのないプーアール茶みたいなものだ。

（ありがとう）

お茶を出すとリリアは何か用があったのか、いつものように傍《かたわ》らに控えないで下がった。めずらしく他の侍女達もいない。一人で食事をしたり、お茶をするのは慣れているから別に気にしなかった。

ベトつく手を洗いに行こうと思い、席を立った。これ、本当はお行儀《ぎょうぎ》が悪いことなんだけど、今は誰もいないから良しということにする。

本来、こういう時は侍女を呼ばなければいけない。でも、私の夕食の後片付けもあるし、彼女達も交代で食事をとる時間だから遠慮《えんりょ》したのだ。

ドアに手をかけると、部屋の外から声が聞こえた。

「……妃殿下が、公爵夫人との対面を断ったって？」

「らしいな。でも、当然だろ」

「そりゃあ、そうだ。いかに公爵閣下とはいえ、妃殿下に強制はできないもんな」

思わず手を止めた。話しているのは、たぶん私の護衛の騎士達だ。顔を見ればすぐに名前もわかるんだけど、声だけではまだよくわからない。

（あれ？　声がするってことは、こっちって、もしかして、洗面室じゃなくて廊下？）

ドアを開かないように注意して、そーっと逆側に戻る。

洗面室で手を洗ってから席に戻ると、すぐに侍女達が戻ってきた。

私は食後のお茶を飲み終わっていたから、首元のナプキンを畳《たた》んでテーブルに置く。それがお茶も終わり、の合図だ。二人が片付けをはじめたので、私はちょっとだけさっきの会話について考える。

騎士達は、私が公爵夫人との対面を断ったことを知っていた。そして、それを当然だと思っていた。彼らの声には、いい気味だと言いたげな感じが漂っていたように思える。

(まあ、彼らは近衛《このえ》だものね……当然といえば当然か)

近衛というのは、王家の私兵に近い。王国法上は違うのだけれど、実質的には私兵だと思っていい。元々王家に近い上に、彼らの職務の大半は王族の身辺警護だ。そういう部隊の性格上、王家に対して忠誠心が篤《あつ》くなるのは当然のことだ。

だから、エフィニア王女が亡くなったことを哀しみ、その原因であるルシエラ夫人に良い感情を持っていない人間が多いのだろう。

(あまりにも、だもんね……)

私の母である王女が亡くなって半年後、喪《も》が明けるとすぐに公爵はルシエラを後妻に迎《むか》えた。

本来であれば、配偶者の正式な喪は三年に及《およ》ぶ。六ヶ月というのは仮喪にすぎない。慶事《けいじ》がある場合は仮喪を認め、喪明けを早めることが許されているが、この時はあまりにも酷《ひど》すぎるとさすがに非難を浴びた。

確かに王国の重鎮《じゅうちん》たる公爵の婚姻は慶事だが、それは王女の逝去《せいきょ》がなければありえない慶事だったからだ。まるで王女が死ぬのを待ちかねていたかのようだと噂《うわさ》されたほどだ。

(早すぎる死だったから、暗殺ではないかという声も囁かれたらしいし……)

市井《しせい》の小劇場や芝居《しばい》小屋では、世間で話題になった出来事をすぐに芝居に仕立てて見せたりするのだが、公爵と公爵夫人を風刺《ふうし》した演目はあっという間に一世を風靡《ふうび》した。その演目内で王女は、彼らに毒殺されたことになっているのだ。

もちろん、名前は置き換えられているし、伯爵と伯爵夫人になっているらしいけど、モデルが誰かは皆が知っている。

王女の死は出産のせいだけれど、そう勘《かん》ぐられてもおかしくない、ということだ。

四大公爵の正式な結婚には王の許可がいる。

公爵に限らず、貴族の婚姻は王の許可をいただかねば正式なものとみなされない。

ルシエラと公爵が結婚するにあたり、国王陛下が許可を与える条件としたのが、王太子殿下と私の婚姻であり、私に関する一切《いっさい》の権利を公爵家が放棄《ほうき》することだった。

(ここで重要なのは、放棄するのは公爵家側のみであって、私の公爵家に関するすべての権利はそのままということ)

公爵はこれを無条件で呑んだ。

エルゼヴェルト公爵家は、今後、娘……つまり、私に対する一切の権利を失う。それは、公爵家がこの結婚におけるすべてのメリットを放棄するのと同じだった。でも、そこまで譲歩《じょうほ》してでも、公爵はルシエラと正式に結婚しなければならない理由があったのだ。

まさか後々、この結婚が彼の計算を大きく狂《くる》わせる最大の失策になるとは思ってもいなかっただろう、この時は。

一方、息子と姪《めい》を強引に婚姻させた国王陛下は当時、怒《いか》りの余り政治的な判断などまったく頭になかったらしいと言われている。

異母妹を不遇《ふぐう》のうちに死なせてしまった兄の行き場のない怒りは、既に他家に嫁《とつ》いだ妹を王家の霊廟に眠らせ、果ては彼女が産んだ娘を父親の手から完璧《かんぺき》にとりあげるという行《こう》為《い》につながった。

そして、まるで公爵にあてつけるかのように、生後七ヶ月の私と自身の息子である王太子ナディル殿下の結婚を執《と》り行《おこな》ったのだという。

普通、こういう場合は婚約して、ある程度年齢がいってから結婚の運びとなる。だが、陛下はエフィニア王女の例をひき、婚約期間が長く、正式な婚姻が行われていなかったからこそ正式な妻をないがしろにするような間違いがおきたのだと、年齢を理由に反対する者達の口を封《ふう》じた。

国家行事としての挙式こそ私が成長してから再度行うと定められたが、それ以外のすべてがきちんと正規に執り行われたという。もちろん、私にその記憶はない。

（一番迷惑《めいわく》しているのは、当事者である王太子殿下だと思うよ。十五歳の若さで人生の墓場に片足をつっこみ、しかも相手は生後七ヶ月なんて……）

国王陛下は、愛する妹の身におこった出来事を赦《ゆる》せなかった。だから、彼女が残した私を自分の保護下において、以降、公爵家にほとんど関わらせようとはしなかった。

陛下の私に対する行き過ぎた厚遇《こうぐう》は、公爵に対する八つ当たりと表裏《ひょうり》一体《いったい》を為《な》している。

通常、王太子妃に専用の宮はないのにわざわざ公爵家の負担で新たに王太子妃宮を建設させたし、国王からの結婚祝いとして、アル・バイゼルという都市を王太子妃領と定めた。アル・バイゼルは領内に大きな港町を持たないエルゼヴェルト公爵家が自領とすることを悲願としていた都市だ。それを私に与えたのだから、陛下の嫌がらせはかなり強烈だ。

（思うに……）

公爵はせめて、あと三年待てば良かった。正式な喪をきちんと過ごせば良かった。これまでずっと愛人だったのだ。ルシエラが待てなかったわけではないだろう。

政略結婚の妻より愛人を愛してしまうこと自体については、私個人の感情はどうあれ、たぶんこの国の人達はあまり咎めない。特に貴族階級の人達は。

けれど、それであっても公爵の王女に対する仕打ちは酷かった。

国内有数の大貴族たるエルゼヴェルト公爵を面と向かって非難する人間はそれほど多くはなかったけれど確かにいたし、国民に人気のあった末王女の悲劇は、芝居だけではなく、吟遊詩人《ぎんゆうしじん》の歌にもなって他国にすら広まっている。

だが、公爵には、どうしても正式な喪明けを待てない理由があったのだ。

（ルシエラの妊娠《にんしん》……）

この時、ルシエラは五度目の妊娠をしていた。

ダーディニア王国の国法は、正式な婚姻から生まれた子供にしか相続を認めない。

ゆえに、二人が結婚していない間に産まれた五人の息子達は、公爵がどれほど認知《にんち》しようとも庶子《しょし》でしかなく、爵位《しゃくい》も財産も土地も相続できない。

遡《さかのぼ》って嫡出子《ちゃくしゅつし》認定することもできるが、その場合、子が生まれた時点において、子を産んだ女と正式に婚姻していたと国教会に認められなければならない。

（公爵にはそれは絶対にできなかった……）

それは望むことすら許されないことだった。

彼は、王女が生まれた時からの正式な婚約者だ。ルシエラとの子供達を嫡出子認定する為には、王女との婚約も結婚もなかったことにしなければならない。だが、何を引き換えにしようとも、王家と国教会はそれを認めない。

だからこそ、公爵が後継ぎを得る為には、ルシエラの腹にいた子供を庶子にするわけにはいかなかった。どれほどの悪評を買おうとも、どうしても結婚を急ぐ必要があったのだ。

(そして、公爵とルシエラは結婚した)

ルシエラは、私が一歳になる直前に男の子を産んだ――ただし、それは死産だった。

その後、ルシエラは何度か妊娠したけれど、以後子供が産まれることはなかった。

そして現在、誰の目にも明らかな事実がある。

『アルティリエ王太子妃は、エルゼヴェルト公爵家の唯一の嫡子である』

ルシエラとの結婚にあたり、公爵はアルティリエに関するすべての権利を放棄したから、アルティリエはエルゼヴェルトの娘というよりは王家の娘に等しい。

けれど、アルティリエがエルゼヴェルト公爵の唯一の嫡子であることは変えようのない事実で、それがとても重要な意味を持つことになってしまった。

(ルシエラは今、四十三歳。絶対に子供が産めないという年齢ではないけれど、たぶん、無理だろう)

友達に産科の看護師だった子がいるから聞いたことがある。流産はクセになるのだ。しかも、四十三歳は高齢《こうれい》出産になる。ここの医療《いりょう》水準をそれほどよく知らないけれど、あちらより高くはあるまい。だから、おそらく難《むずか》しい。

公爵は、ルシエラと離婚《りこん》して新たに妃なり夫人なりを迎え入れない限り、もうアルティリエ以外の嫡子を得ることはできないのだ。

（国王陛下の意趣《いしゅ》返しは、思いもかけない切り札を生んだ）

このまま公爵が嫡子を得られないと、エルゼヴェルトのすべてはアルティリエの……ひいては王家のものとなる。

公爵は庶子である子供達に分家し、財産を分与《ぶんよ》することができる。けれどそれは、国法により細かい規定があって、簡単に言うと公爵の財産を受《う》け継《つ》ぐ正式な嫡子の……つまり現状においては、アルティリエの同意が得られないと叶わない。

王太子妃とエルゼヴェルト公爵を兼ねることはできないから、正確に言えば、アルティリエは公爵家の後継ぎではない。が、いつかアルティリエが産むであろう相続人の代理だ。アルティリエの最初の子供は、生まれた瞬間に次の王太子となり、二番目の子供は、無条件で次のエルゼヴェルト公爵となる。

何にせよ、肝心《かんじん》の私が十二歳では、まだまだそんな面倒な話は遠い先のことだ。

「姫さま、そろそろ、湯浴みをお願いいたします。お湯がご用意できましたので」

リリアの声にはっとした。ちょっと考え込みすぎた。余計な方向に。

私は、お茶を半分残し、わかったというようにうなづいて立ち上がる。

あちらと違ってお風呂《ふろ》もかなり大変だ。蛇口《じゃぐち》をひねればお湯が出るなんてことはありえないから、用意をする人も大変だし、入るのも大変。

恥ずかしいけれど、一人では入らせてもらえないし。

女の子同士で入るのと一緒、と思って我慢している。

（……あれ？　そういえば、王宮への現状報告とかってどうなってるんだろう？）

ちょっとだけ疑問に思ったけれど、お風呂に入ったらきれいさっぱり忘れてしまった。

……それを、後で、すごく後悔《こうかい》することになる。


目覚めて六日目の朝がやってきた。

さわやかな朝ではあったけれど、今日も状況は変わらない。さすがにもう夢オチにも期待できなかったから、目覚めるとすぐに侍女を呼んでおとなしく着替えることにした。

寝間着《ねまき》はいわゆるネグリジェで、寝苦《ねぐる》しくないようにレースはだいぶ省かれている。それでもお姫様らしく、とても可愛い。あちらだったらこのままワンピースで通用する。

（普通なら、下着はパンティでブラ……だけど）

この世界の十二歳の女の子用下着は、スリップに太腿《ふともも》が隠《かく》れるくらいのズロースだ。お姫様オプションで、繊細《せんさい》な雪の結晶《けっしょう》のような細かいレースが贅沢につかってある。

そこに更にレースたっぷりのアンダースカートをはく。これはウェストを紐《ひも》でしめるようになっていた。

（ここまでは一人でもできる）

できないのが、この次。袖口《そでぐち》にレースたっぷり、身体にぴったりとしたブラウスだ。なんでわざわざ背中ボタンなんだろう。しかも十二個も！　前ボタンにすれば一人でも着替えられるのに。

（でも、拷問器具みたいなコルセットがない世界でよかった！）

心の底からそう思う。こちらの主流はソフトなタイプのコルセットで、未成年の私はまだつけなくて良い。そしてその上にガウンと呼ばれるワンピースっぽい服を重ねる。

今日は、淡い水色に白いレースをふんだんにつかったもの。すっぽりと頭からかぶるタイプで、アンティークドールほどフリフリではないけれど、いかにもお姫様チックな格好ではある。

（こんなレースたっぷりな服は着たことがなかったけど、ちょっとクセになるかも）

手仕事のゴージャスなレースや刺繍は本当に素敵《すてき》だ。なけなしの女心を浮《う》き立《た》たせる。

足元は薄い絹の靴下《くつした》。靴下の最上部はゴム製のリングでさがってこないようにとめる仕様になっている。これが成人した女性だとガーターベルトを使うらしい。

靴はガウンに合わせた水色の布製。金糸、銀糸をふんだんにつかった刺繍がされている。

（この刺繍の細かさはすごい。一財産になりそうな靴だ）

底はゴムみたいなものでできている。ゴムみたいとしか言えないのは、私の知っている生ゴムの色と違って半透明《はんとうめい》の白濁《はくだく》した色をしているから。これ、後で知ったんだけど、王国の最南方領土であるヴァリアスにしか生えない樹木の樹液《じゆえき》だそうだ。

（う～、可愛い！）

身支度が整ったところで、鏡の前で思わずくるっと回ってしまった。

ナルシスト入っていてごめんなさい。でも、本当に可愛いんだもん。ちょっと鏡に見惚れるくらいは許して欲しい。

やわらかにウェーブを描く金の巻き毛。目は青とも碧ともつかぬ不思議な色あいをしている。お母さんの肖像画も綺麗だったけど、この子も相当だ。

将来、どれだけ可愛くなるか楽しみだ。

……自分のことだと思ったら、途端《とたん》に恥ずかしさでいたたまれなくなったけど。

侍女の一人であるジュリアが、私の髪を綺麗に整え、ドレスと共布《ともぬの》のリボンを結ぶ。ジュリアはこういう服飾《ふくしょく》関係にとても詳《くわ》しい。

「お似合いですわ」

どのガウンにどんなアンダースカートにするか、どんな靴下や靴をあわせるか、髪型や髪に飾るものまで含めて、私の侍女達は研究に余念がない。

満足そうに皆がうなづくので、何だかおかしくてちょっと笑ってしまった。

ほんとにちょっと。口元が緩《ゆる》むくらい。

なのに、そんな私を見てリリアが泣きそうな笑い顔を見せる。

(……そんなに、アルティリエってお人形だったのかな)

我が事ながら、ちょっと涙出そう。こんな些細《ささい》な反応でここまで喜ぶくらい無反応だった事実を見せつけられるたびに、何だか申し訳ない気分にさせられる。


「姫さま、今日はこの地方の料理を用意していただきました」

リリアがいつものように朝食のワゴンを運んできた。

もちろん、私が口にする前に侍女達がよそいながら毒見をしている。

(生家でも毒見するってどうなんだろう……)

でもまあ、それも仕方のない立場か……私は毒より、料理長の腕のほうが心配だけど。

「今日のスープは浅蜊《あさり》です。姫さまが浅蜊をお好みなので特別に料理長が腕を振るってくれまして」

(へえ、私、浅蜊が好きなんだ)

自分のことなのに、何だかすごく新鮮《しんせん》な気分でそれを聞いていた。

「あ、あの、もしかして、違っていました?」

慌《あわ》てたこの子はエルルーシアという。父親が王太子付き武官だという下級貴族の娘だ。リリアより一つ二つ年下くらい。武官の家柄《いえがら》の出身で、武術をおさめているため、私の護衛も兼ねているそうだ。

そんなことはない、というように私は首を横に振った。

アルティリエはともかく、私はそんなに好き嫌いがない方だ。まずいモノはダメだけど。

ほっとしたエルルーシアは、笑顔を見せた。

（浅蜊って、どこで採れるんだろう？）

脳裏《のうり》で地図を思い浮かべる。

エルゼヴェルトの本拠地《ほんきょち》である領都ラーディヴは海にそんなに近くない。生浅蜊を生かしたまま運べるのは、この時期であっても最大三日くらいだろう。

私の心を読んだのか偶然なのか、ミレディが告げる。

ミレディは御料牧場の管理者の家の娘で武術の心得もあり、乗馬もできるという侍女だ。代々近衛を務める騎士爵の家に生まれたアリスと共に、あまり多くはないけれど決して皆無ではないアルティリエの書類仕事を補佐《ほさ》してくれている。

「この浅蜊は、妃殿下の所領であるアル・バイゼルから運ばれたものだそうですよ。ラーディヴとアル・バイゼルは、船ならば一日かからないそうなんです」

（川、遡《さかのぼ》れるのかな？　……今度、詳細《しょうさい》な地図見よう）

侍女達の言葉に誘《さそ》われて、白濁したスープを口に運ぶ。

こちらでは、カトラリーは銀が主流。ナイフとフォークとスプーンの三つですべての料理を食べる。フレンチのコースのように何本もいろいろなカトラリーを使わないでいいから割と楽だ。今のところボロはださないで食事をしていられるので、マナーはあちらの世界とそれほど違わないみたい。

（これ、ちょっと生姜《しょうが》いれるべき。あと、白ワインを利かせればもっとおいしいのに良かった。香草が入ってない。ここの料理長の香草の使い方は、私の味覚に合わない。

「お気に召《め》しましたか？」

こくりと私はうなづく。ジュリアが嬉しそうに笑った。……可愛いなぁ。

ジュリアは父と兄が財務官《ざいむかん》という官僚《かんりょう》貴族の家柄の生まれで、数字に強い。

私はすっかり周囲の侍女達に好意をもっていた。だって、可愛い子ばかりなのだ。あちらで勤めていた時の後輩《こうはい》達と重なるところがある。何よりも、心から私に仕えてくれている。この心からっていうのがすごく大事。

何もべったりそばにいてあれこれ世話をやくって意味じゃない。いつでも私が必要とした時にその望みを叶えられるよう準備しながら、用のない時は控えている。

その完璧なまでのサービス！　メイド好きな世のオジさんやオタクな子達の気持ちがちょっとわかった気がする。

（ところで、どうやったら王宮に帰れるんだろう？）

今の私は、時間さえあればその方法を考えていた。

とりあえず今後の大方針としては、王宮に戻ることを第一とするつもりだ。今手に入る範囲《はんい》のさまざまな情報を総合した結果、覚えてないことが多くなるだろうし、わからないまま接する人が増えると思われるけれど、とりあえずここよりは王宮の方が安全だと思う。

（夫……が、いるし）

夫、だなんて言われても記憶がないのだから赤の他人も同然だ。幸いなのは、私がまだ幼くて、名前だけの夫婦である予測がたっていること。年齢差もあり、あまり接触《せっしょく》していないようなので覚えていなくてもそれほど支障はなさそう。

（王太子ナディル・エセルバート＝ディア＝ディール＝ヴェラ＝ダーディエ殿下）

フルネームを呼んでみても、何も思い出せない。だけど心の中で呟いたら、胸の奥がほんの少しだけ痛んだような気がする。

（王太子殿下だけじゃない。国王陛下や王妃殿下とだって、どう接していいかわからないけど……）

でも、帰るべきだと思うのだ。

別に覚えていない夫や義父母を信用しているわけではない。ただ、単純に利害を考えれば、私を殺すよりも守るほうが、彼らには圧倒的《あっとうてき》にお得なのだ。特に、母親が他国の王族であり、国内に強力な後ろ盾《うしろだて》のない王太子殿下にとって、大公爵家の唯一の相続人である王太子妃である私は何にも増して大切な駒《こま》だ。

(それに、私が危ないってことはこの子達も危ないってことだし)

いつも私と一緒に居る侍女達は、ある意味、私と一蓮托生《いちれんたくしょう》だ。

墜落事件の解明は大事だけれど、皆のためにもできるだけ危険から遠ざかっておきたい。真相からも遠ざかるかもしれないけれど、今は慎重《しんちょう》であるべきだと思う。

(何が安全で、誰を信じていいかを見極《みきわ》めたい)

公爵が私を殺そうとしたとは思わないけれど、守ってくれる人とは思えない。

朝の挨拶の時でさえ私の顔を見ようともしない人を、信じろというのがどだい無理な話だ。

「……姫さま、どうされました?」

考えながら食べていたせいで、ボーッとしてたんだと思う。がりっと嫌な音がした。

動きが止まった私を皆が怪訝《けげん》そうに見る。

手を口にやった。ポタリと落ちる滴《しずく》……血だった。鉄錆《てつさ》びた味が口の中に広がっていく。

(ささった……)

奥歯《おくば》の間に浅蜊の殻《から》が刺さったのがわかった。

「ひ、姫さまっ」

「きゃあああっ」

「だれか、お医者さまを！」

（……いや、騒がないで、違うから。浅蜊の殻が刺さっただけだから！）

でも、私の心の声なんて聞こえるわけがない。

平気だって身振《みぶ》りで示しても、こんな場合は全然わかってもらえない。

毒かもしれません！　とジュリアが叫び、エルルーシアが真っ青になる。

（いやいやいやいや、違うから）

「あ……」

「姫さま！　姫さま！」

「吐いてください。早く！」

でも、意を決して口を開こうとしたら、ポタポタと血がこぼれて、更に大騒ぎになる。

確かに痛いは痛いけれど、痛みより見た目のほうがひどい。

真っ青な顔で飛び込んできた医者は、問答無用で私に無理やり水を飲ませ、吐かせた。

浅蜊の貝殻《かいがら》の欠片《かけら》はすぐに取れたけど、刺さった傷がちょっと痛い。

（毒なんて飲んでないってば！）

「失礼」

医者が私を見る。どこか目つきがおかしいと思うのは気のせい？　気のせいだよね？

（え？）

悪夢だ！！！！！！！

更にいっぱい水を飲まされて、いきなり口に指をつっこまれた。

っていうか、あなたの指の方が毒だ！　手が清潔かどうかもわからないのに、中年男に口の中に指を突っ込まれたら、誰だって気持ち悪くなる！

説明なしだよ。そりゃあ、毒だと疑ってれば一刻を争うのかもしれないけど。

（たーすーけーてー）

私の抵抗《ていこう》なんてまったく無意味。十二歳の子供がちょっと手足をバタつかせたところで、成人した男の力の前ではまったく役に立たないのだとよくわかった。

押さえつけられて無理やり吐《は》かされて……何でもないのに、処置が終わった後はぐったりした。

うがいと歯磨《はみが》きだけはしっかりして、半べそでベッドに潜《もぐ》りこむ。着替える気力もなく、そのまま寝てしまった私を責めないでほしい。

気分としては暴行未遂とかそういう感じだったから。

疲れたから少しだけ仮眠《かみん》をとるつもりだったのだけど、うっかり熟睡《じゅくすい》してしまった。

たぶん、あんなことがあったので精神的にかなり疲弊《ひへい》していたのだろう。

結果、その日はほとんどの時間を寝台の中で過ごしてしまった。

目が覚めた時には陽光は、午後の……オレンジとも黄色ともつかぬ色みを帯びていた。三時を過ぎているからほとんど夕方に近い。

ここでは、どれだけ昼寝《ひるね》をしようと誰も私を起こしたりしない。うわ、天国！　とか最初は思ったけれど、それがいつでも許されると思うと案外怠惰《たいだ》にはなれないものだった。寝すぎを咎められることもなく、ノロノロと寝台をおりる。

しわをのばそうと軽くスカートの裾《すそ》をひっぱったところで、リリアの不在に気付いた。

きょろきょろと周囲を見回し、他の侍女達に目線でリリアの不在の理由を問う。

三人は迷い、それでも静かに回答を待つ私を前に、互いに譲《ゆず》り合った結果、ジュリアが口を開いた。

「リリア様は、姫様の毒殺未遂について、調査をしております」

浅蜊流血事件が『王太子妃殿下毒殺未遂事件』に発展していたのを知り、あまりのバカバカしさに噴《ふ》き出しそうになった。

でも、次に慌てた。

だって、毒殺未遂事件となれば、あの料理を作った人間が疑われると思ったのだ。

あれが毒殺未遂事件なんかじゃないことは、私が一番よく知っている。

（大げさな……）

それをどうにか伝えようとして、でも、まだどこか様子のおかしいジュリアに首を傾げてみせる。ここにリリアがいれば、私が何か伝えたいということがすぐにわかったと思うが、生憎《あいにく》今いる子達にはわからないらしい。

正式な女官《にょかん》ではなく行儀《ぎょうぎ》見習いである彼女達は、私と直接話すことにためらいがあるから仕方がないとも言える。

私の身支度を手伝うジュリアは、うつむいて涙をこらえているようだった。目元がほんのり赤く、まるで泣きはらしたようにも見える。

（ジュリア？）

「申し訳ございません。……もう夕方近いですから、髪は簡単に結《ゆ》うだけにしておきますね」

私は知らなかった。……本当の事件が、私が寝た後に起こっていた事を。

幕間　王太子と秘書官

晩餐会《ばんさんかい》から戻ってきたら、机の上に書類箱が積みあがっていた。

「おかえりなさいませ、殿下《でんか》」

首席秘書官《しゅせきひしょかん》のラーダ子爵《ししゃく》が頭を下げる。腕も脚《あし》もガリガリに痩《や》せている彼は、肌《はだ》の色も青白くいつも目の下にクマがある。王宮の下働き達が彼につけたあだ名は『ケルシー』――これは、ダーディニアの昔話に出てくる生きた死体の名前だ。

彼の上司たる王太子――ナディル・エセルバート＝ディア＝ディール＝ヴェラ＝ダーディエは、初めてそれを聞いたとき、何となく納得《なっとく》してしまった。

この男の目の下のクマに自分が多大な影響《えいきょう》を与《あた》えていることは承知していたが、おそらく改善は不可能だろう。

「晩餐会はいかがでしたか？」

「エサルカルの一部では相変わらず、ダーディニアへの反発が強いようだ」

正装のマントをはずす。何も言わずとも傍《かたわ》らに控《ひか》えた小姓《こしょう》がそれを受け取った。

それから、飾《かざ》り帯やそれだけでひと財産になりそうな金と紫水晶《むらさきずいしょう》の繊細《せんさい》な細工のカフスをはずし、別の小姓がさしだす函《はこ》の中に放《ほう》り込んだ。

ナディルは宝飾品《ほうしょくひん》で己《おのれ》を飾ることを好まないが、王太子として威儀《いぎ》を正す必要があることは承知している。そして、自身の容姿がそれなりに見栄《みば》えがすることをよく知っていたので、着飾《きかざ》ることも当然のことと受け入れていた。

(そもそも、己の好みなど二の次だ)

それは別に身に着けるものについてだけではない。基本的にナディルは、すべてにおいて、『ダーディニアの王太子にふさわしいもの』という観点で選んでいる。

仰々《ぎょうぎょう》しく飾られた儀礼用《ぎれいよう》の鞘《さや》から剣《けん》を抜き、いつもの簡素な革《かわ》の鞘におさめ、執務机の左側の屑《くず》入れに立てかける。己が剣を振り回す事態になどなったらおしまいだと思っているが、それでも気は抜かない。

「……殿下、何かお召し上がりになりますか？」

晩餐会に出席した人間に対してするには奇妙《きみょう》な問いだったが、ナディルはそういった場では食事をしない。出されれば一通りのものを口にし、腹におさめはするが、それは晩餐会という形と雰囲気《ふんいき》をこわさないための必要最低限だ。

(食事、というのは心身を維持《いじ》するために必要な栄養である)

つまり、その要素が満たされれば良い。が、ナディルにとって、晩餐会は食事をする場ではなく外交の場だから、食事は別にとる必要があった。

「茶を淹《い》れてくれ」

「かしこまりました」

一礼したラーダ子爵が目の前を下がる。

既《すで》に夜も遅《おそ》い。王太子宮と呼ばれるこの西宮《にしのみや》の使用人達は夜間体制に入っている。厨《ちゅう》房《ぼう》に誰《だれ》かいれば良いが、誰もいなければラーダ子爵の淹れた苦い茶を飲むことになるだろう。目が覚めてちょうどいいかもしれない、と思いながら、ナディルは執務机の下の方のひきだしをあけた。

ひきだしいっぱいにぎっしりと詰《つ》め込まれているのは、軍の携帯糧食《けいたいりょうしょく》だ。

缶《かん》に入っているものもあれば、油紙できっちりと包まれてブロックになっているものもある。東西南北の各方面軍をはじめ、中央、近衛《このえ》とそれぞれ納入業者が違っていて、その中身はバラエティーにとんでいる。

基本となるのはビスケットで、これが南方師団のものだとさっくりとした歯ざわりになり、北方師団のものだと固さが三割増しになる。これに干《ほ》し肉《にく》や乾燥させた野菜や果物、煮干《にぼ》しなどがつく。物によっては炒《い》った豆を飴《あめ》で固めたものがついたりもする。

ナディルは甘味《かんみ》をあまり好まなかったが、甘《あま》いものは少量で頭や身体を動かすための熱量になる為、軍の携帯糧食には必ず入っていた。

「……さて」

今日はどれにしようか、とナディルは色とりどりのパッケージを見ながら考える。

（どれでもいいんだが）

軍の携帯糧食というのは、このコンパクトな包みだけで一日に必要な栄養《えいよう》の半分がとれるように考えられている品だ。極論《きょくろん》を言えば、これさえ食べていれば他に何も食べなくても生きていける。

（まあ、見た目はさほど楽しいものではないが）

ナディルが今日の夕食として選んだのは、西方師団のものだった。

包装紙を広げ、その上に中身を並べる。野菜の入った固焼きのビスケットが五枚。うすく塩味のついた干《ほ》し鱈《だら》をのしたものが一枚。味のついた肉の燻製《くんせい》が数片《すうへん》。これに、ミックスナッツの素炒りと野菜チップスとドライフルーツの小袋《こぶくろ》が一つずつ。

「殿下、お待たせいたしました」

「ああ」

行儀《ぎょうぎ》は悪いが、書類に目を通しながらビスケットをかじり、子爵の淹れた茶を口にする。

緑色をしているのは、おそらくザーデという緑黄色野菜を練りこんで焼いたもので、オレンジのものはラグラ人参《にんじん》が練りこまれているのだろう。とはいえ、焼いてしまうと野菜の味はほとんどわからない。もそもそとしたビスケットはそれほど美味なものではなく、非常に濃《こ》いお茶で流し込んで、書類をめくる。

こうして書類に目を通しながら食べられること、これだけで必要な栄養素がほぼ足りることが、ナディルがこの携帯糧食を好む理由だった。

(今頃、あの子は何をしているんだろうか)

ふと、まだ幼い妃《きさき》のことを想う。

昨年、やっと自身の宮に引き取ることのできた妃は、十二歳になったばかり。正式な婚《こん》姻《いん》を結んでいるとはいえ、名ばかりの妃でしかないことは誰もが知っている。

それでも、こうして一人になると、ナディルは彼女を想うことがしばしばある。

(私の、唯一《ゆいいつ》の妃)

現ダーディニア王太子妃アルティリエ・ルティアーヌ＝ディア＝ディス＝エルゼヴェルト＝ダーディエ。

父王とエルゼヴェルト公爵《こうしやく》の確執《かくしつ》を知る人々は、父王が彼女を彼の妃に定めたと思っているようだが、それは違う。ナディルを王太子に定めたように、当時まだ生まれてもいなかった彼女を王太子妃にと定めたのは、既に亡《な》くなっていた祖父王だ。

(私は、ただの駒《こま》にすぎぬ)

国を構成する駒の一つ。一応、この上なく貴重とされてはいるが、その替えはある。

だが、決して替えがきかないのがアルティリエだ。

光をはじく黄金の髪と、光の加減でその色みを変える青の瞳《ひとみ》……それは、同じ色を持っていた人を思い出させる。

(随分《ずいぶん》と『彼女』に、似てきた……)

成長するにつれ、その美貌《びぼう》は更《さら》なる麗質《れいしつ》を増している。だが彼女の場合、春の光の如くと言われた母親と違い、どこか冷ややかさを感じる。無表情なせいだろう。

ナディルは、彼女が宮中で『人形姫』とあだ名されていることを知っている。

(どこか作り物めいて見えるほどの美しさと、人形の如く感情をあらわすことがない無機質さ……なるほど、よく言ったものだ)

表立ってとがめだてしないのは、しても無駄《むだ》だからだ。

(不特定多数の人々というのは、制御《せいぎょ》できるようなものではない)

それをナディルはよく知っている。

(もう同じ過《あやま》ちは犯《おか》さない)

己の言動一つで周囲が動くこと。己が王太子であることを今の彼はよく理解している。

(所詮《しょせん》、この身に自由などあるはずがない)

王太子とは後に王となる者。

そして、王とは国に奉仕《ほうし》する奴隷《どれい》に過ぎない。

公《こう》も私《し》もなく、ただ王太子として……あるいは、国王として生きるのがナディルの運命だ。そこに、己の希望が入る隙間《すきま》など存在しない。

（でも……）

彼女は、違う。

彼女だけが、違う。

アルティリエだけが、この身すら己のものではない彼の、唯一だ。

（私は、あの子にだけは、望むことができる）

幼い妃に彼が抱《いだ》くのは、わかりやすい恋情《れんじょう》や愛情などではない。

握り締めた拳《こぶし》で自身の胸元《むなもと》に触《ふ》れる。その奥底にあるのは、共感と憐憫《れんびん》……そして、執着心《しゅうちゃくしん》と区別がつかない庇護欲《ひごよく》だ。

それは、静かで穏《おだ》やかな熱となって彼の身体の裡《うち》にある。

きっと己は、この静かな熱を抱き、あの幼い妃ごと国を守って生きていくのだろう。

それが彼の使命であり、義務であり、望みでもあった。


ゴンゴンといささか乱暴なノックの音に、ナディルは小さなため息をついた。

彼のこよなく愛する静寂《せいじゃく》が破られ、忙《せわ》しなく雑多な気配が押し寄せようとしている。

「殿下、失礼いたします」

「どうした？」

元々白い顔色を更に青白くしたラーダ子爵が、作法をほぼ無視した形で入室する。よほどのことがあったのだろう。ナディルは内心で身構えた。

「……エルゼヴェルトから一報が入りました。王太子妃殿下《ひでんか》、暗殺未遂《みすい》により重態《じゅうたい》」

ガタンと椅子《いす》が倒《たお》れるほどの勢いで、ナディルは立ち上がった。

「重態？　どんな様子なのだ？　刃物《はもの》か？　毒物か？」

頭の中が真っ白になった。握り締めた手が小さく震《ふる》える。

それでも、彼は自身が何をすべきかを見失うことはない。

茫然自失《ぼうぜんじしつ》していられるような贅沢《ぜいたく》な時間は、王太子には存在しない。

「わかりません。……情報がほとんどなく、複数ルートで急ぎ連絡をとっております」

「すぐに皆を集めよ。サリア子爵からの連絡は？」

王太子妃の一行と同行しているはずの文官の名をあげる。道中の差配と、王宮との連絡係としてさしむけた者だ。

「ありません」

「まず第一に、妃の無事の確認。ついで、何があったのかの詳細《しょうさい》を報告。犯人は捕《と》らえたのであろうな？　まだだというのなら、至急捕縛《ほばく》するよう命《めい》じよ」

「かしこまりました」

ラーダ子爵は青ざめた顔色を更に青くして、頭を下げた。

第二章　王都帰還

「妃殿下《ひでんか》、残念な事をお知らせしなければなりません」

身支度《みじたく》を整えた私は、いつもの椅子《いす》に座る。

せわしなくやってきたリリアは、私の前で一礼すると、改まった様子で口を開いた。

どこか緊張《きんちょう》した響《ひび》きのあるリリアの言葉に、まだ意識が醒《さ》めきっていない私は小さく首を傾《かし》げた。『残念な事』の意味がよくわからなかった。

でも、次のリリアの一言で、頭から氷水をかぶったように一気に覚醒《かくせい》した。

「エルルーシアが亡《な》くなりました」

嘘《うそ》だと否定してほしくて向けた私の視線に、リリアは力なく首を横に振る。

「原因は、昨日の朝食です」

私の食事は、侍女《じじょ》達が毒見をしながら給仕《きゅうじ》をしている。

これは、生家であろうとも……いや、生家であるからこそかもしれない……信用できないという王家の警戒心《けいかいしん》のあらわれだ。

何の料理に毒が盛られたかを知るために、彼女達はそれぞれ食べる料理を別にしている。問題となったのは、浅蜊《あさり》のスープとしめじと青菜の炒《いた》め物だ。この二つの毒見をしたエルルーシアが、朝食後一時間くらいしてから腹痛を訴《うった》えたのだという。

「医師を呼んだ時にはもう遅く、しばらく腹痛を訴え、昼過ぎに息を引き取りました」

リリアの言葉がどこか遠く響く。

椅子に座っているはずなのに、自分がどうしているのかもよくわからない。

五感のすべてが、一気に奪《うば》われた気さえした。

「まだ何の毒を使ったかまではわかっておりませんが、おそらく遅効性《ちこうせい》の毒だと医師は言っております」

(それくらい、医者じゃない私にだってわかる)

役立たず、と罵《ののし》りの言葉を口にしそうになる己《おのれ》を抑《おさ》える。リリアが悪いわけじゃない。

心を落ち着けるために、深呼吸を何度もした。

冷静にならなければいけない。怒《いか》りは、目を曇《くも》らせる。

自分に何度も言い聞かせる……なのに、握《にぎ》り締《し》めた手が、震《ふる》える。

(……わかっている)

この怒りは正しくない。

自分でも気付いていた。

エルルーシアの命を奪った犯人に対する怒りは、確かに存在する。

でも、それだけじゃない。

私は……エルルーシアが苦しんでいた時、ただのうのうと寝ていたことが許せなかった。

起きていたからといって何ができたというわけではなかっただろう。

それでも……何も知らずに寝こけていた自分に腹が立ったのだ。

(どうして……)

胸に、渦《うず》まく怒りと悲しみ……それから、どうしようもない憤《いきどお》り。

何でこんなことが起こったのかと何度も何度も自問した。

煮《に》えくり返るような怒りと涙腺《るいせん》を刺激《しげき》する哀《かな》しみで、心の中がぐちゃぐちゃに掻《か》き混《ま》ぜられる。入り混じった感情が抑えられなくて、深く息を吸った。

……でも、救いようがないことに気付いてしまって、更《さら》に泣きたくなった。

(あの浅蜊事件がなければ、私も食べていたかもしれない)

浅蜊のスープに毒物が混入されていなかったことは、私が一番良く知っていた。吐《は》かされたとはいえ、あのスープに毒が入っていたのなら、命は落とさないまでも何らかの影《えい》響《きよう》があっただろう。だとすれば、毒が入っていたのはしめじと青菜の炒め物だ。

あの騒《さわ》ぎがなければ、たぶんそれにも口をつけていたと思う。基本的に、一通りどの皿にも手をつけることにしているから。

食べなくて良かった。と、ホッとしている自分に気がついて、そのあまりのエゴイストぶりに言葉を失った。

エルルーシアは私のために毒見をしたせいで死んでしまったのに、助かったことを……食べなかったことに安堵《あんど》する自分がいる。

己が助かったことを喜ぶのは当たり前かもしれない。でも、そんな自分が恥《は》ずかしく、そして、情けなかった。

(ごめんなさい……)

エルルーシアがこんな風に命を落とす理由はなかった。殺される理由なんて、彼女には一片《いっぺん》もなかったはずだ。

(ごめんなさい、エルルーシア)

私の侍女だったことが、彼女を死に追いやった。

目を大きく見開き……そして、涙がこぼれた。

「姫さま……」

リリアをはじめとする侍女達が、驚愕《きょうがく》の表情で私を見る。

アルティリエはたぶん、人前で泣いたことなどなかっただろう。貴族の子女は、人前で感情をあらわさないことを美徳として躾《しつ》けられるから。

でも、涙を止められなかった。

それから、たった六日分しか知らないエルルーシアのことを思い出す。

私に笑いかけた顔、驚《おどろ》いた顔、困ったような顔……いろんな顔。たった六日分だけど、ちゃんと覚えている。

なのに、もう彼女はいない。

(死ぬ、ということ)

それは、すべてが思い出になってしまうことなのだと、あちらの世界で両親や祖父母を送ってきた私は知っている。

「エルルーシアは果報《かほう》な子です。妃殿下をお守りできたのですから」

侍女達は、泣かなかった。

でも、皆《みな》も目が赤いから、きっとたくさん泣いたんだろうと思った。

目元をこする。

(泣いたらダメ……)

王太子妃《おうたいしひ》である私は、一人の侍女の死に涙してはいけない……そう告げる心の声。

頭ではちゃんとわかっている。わかっているけど、涙は止まらない。

だから私は、侍女達に背を向けた。泣いている顔を誰《だれ》にも見せないように。

バルコニーの外に立ってこちらを見ていた騎士《きし》が、慌《あわ》てて背を向けた。

私は唇《くちびる》を噛《か》み……下を向く。

これは、泣いているわけじゃない。

胸の前で手を組み……頭《こうべ》を垂れる。

これは、祈《いの》っているだけ。だから、床《ゆか》に落ちる滴《しずく》は見逃《みのが》してほしい。

私は、この時初めて、本当の意味で自分が随分《ずいぶん》と遠くに……異世界に来てしまったのだと感じた。

この世界では、こんなにもあっさりと命が奪われてしまうのだ。


「……帰る」


言葉が、口をついて出た。

リリアや他の侍女達が目を見開く。

「姫さま、お声が……」

「エルルーシアを連れて、帰る」

目元をこすり、皆のほうを振り向いた。

明確に紡がれた言葉に、リリアが驚愕の表情で私を見ていた。

顔をあげた私は、リリアの瞳をまっすぐ見返す。

たぶんこの時、私は決めたのだ。

はっきりと理解していたわけではなかったけれど――この国で生きていくことを。

「かしこまりました」

リリアは膝《ひざ》をつき、深々と頭を下げた。


犯人は、厨房《ちゅうぼう》のスープ番の料理人だったと告げられた。

（本当にそうかはわからない）

刑事《けいじ》ドラマ風に言えば、『被疑者《ひぎしゃ》死亡により不起訴《ふきそ》』だ。

そう。彼《かれ》は、すでに死んでいた。

エルルーシアが倒《たお》れたことで大騒《おおさわ》ぎになった時にはちゃんといたそうだが、そのうちに姿が見えなくなって、見つかった時にはもう息をしていなかった。

エルルーシアと同じ毒だったという。

（死人に口なし……）

彼が犯人であるという確たる証拠《しょうこ》はなかったが、私に提出された報告書によれば、エルゼヴェルトの司法官は彼を自殺と断定している。そして、今後も捜査《そうさ》は続行するものの、彼が犯人であった疑いが濃《こ》いとの所見を述べていた。

彼の無実を証明することはできずとも、彼が犯人であると判断することは容易《たやす》い。確たる証拠はなくとも、状況《じょうきょう》証拠だけで充分《じゅうぶん》だ。

司法官の言葉一つで、彼は既《すで》に犯人であるかのように仕立てられていた。

まるで、生贄《いけにえ》の子羊だ。

死者は弁明できない。後は、周囲が勝手に彼が怪《あや》しいとする事実を積み上げていく。

貧しかったこと。

賭《か》け事《ごと》が好きだったこと。

借金があって金を必要としていたこと。

金が欲しいと周囲に漏《も》らしていたこと。

儲《もう》け話があると言っていたこと……一つ一つはとるに足らぬ話だ。

どこにでもある、特別に怪しむべきことではない話。

でも、とるに足らぬそれらの一つ一つの話が積み重なると、彼が犯人であってもおかしくないように思える。ましてや、司法官がそれを公言しているから尚更《なおさら》だ。

(思い込みは強力だ)

たとえ、それが『真実』ではなくとも、そう思い込んでいる人にとっては、それこそが『真実』だ。そして、人はそれを『真実』として語り、それを聞いた人は疑いもせず信じてしまうだろう。

司法官は本当に彼が犯人だと思っているのか、あるいはそう思い込ませようとしているのか、判断が難《むずか》しい。

もう一通の報告書は、私の護衛隊から提出されたもの。

ここはエルゼヴェルト領内なので、この報告書は公文書ではなく非公式なものになる。

報告者の名はナジェック＝ラジェ＝ヴェラ＝ヴィスタール＝シュターゼン伯爵《はくしゃく》。

彼は、私の護衛隊長にして、司法官の有資格者だ。

司法官というのは、裁判官と警察官の権限をも与えられている専門資格者で、『ヴェラ』という称号《しょうごう》で呼ばれるが、厳密には『司法官』が『ヴェラ』ではない。『ヴェラ』とは『学者』というような意味で、大学を卒業した者をさす。

大学を卒業した人間は全員が司法官となれるので、いつの間にか司法官も『ヴェラ』と呼ばれるようになった。

この大陸のどこの国に行っても、『ヴェラ』を取得していれば、高位の公職に就くことができる。例え、元が奴隷《どれい》であってもだ。

西方の大国ローランド公国《こうこく》の宰相《さいしょう》は、元奴隷の『ヴェラ』だと聞く。

大学を卒業しただけでなぜ法律の専門家になれるのかが不思議だったけれど、こちらでいうところの『大学』のシステムを知って納得《なっとく》した。この世界の大学は、極《きわ》めて高度かつ専門的な学術機関で、入学するのは難しく、卒業するのは更に難しい。

入学資格は、『満三十歳未満の入学試験に受かった者』というだけで、身分や地位、性別などの制限は一切《いっさい》ない。

ただ、入学試験の範囲《はんい》は実に多岐《たき》にわたる。

試験科目は必須《ひっす》三科目の法律・歴史・言語の三つなのだが、歴史の試験で統一帝國時代の亜鉛《あえん》精製法について問われたり、言語の試験で二帝國時代の経済について問われたりするので、あらゆる分野に通じていることが求められる。

年によっては合格者が一桁《ひとけた》ということもあるらしい。

法律は国によって違うものだが、基本は『大陸法』と呼ばれる旧統一帝國法だ。大学の学生はダーディニアを含む五大国の法律のすべてを学ぶ。法律・歴史・言語の必須三科目において可を得なければ専門課程には進めないし、卒業など夢のまた夢だ。

上級教育機関として王立学院もあるが、どこの国でも王立学院は半《なか》ば貴族の占有物《せんゆうぶつ》と化している。名高い私塾《しじゅく》というのもあるが、それはあくまでも自国内でしか通用しない。

地位や身分や権力に揺《ゆ》らぐことのない、絶対の権威《けんい》を持つ象牙《ぞうげ》の塔《とう》。

それが、こちらの大学だ。

あくまでも実力主義で、どんなに身分が高くとも、どれほど金を積もうとも、自力で入学試験に合格しなければ、足を踏み入れることすら許されない。

実は、私の夫であるナディル王太子殿下《でんか》は、この『ヴェラ』を持つ。

現在、大陸全土で『ヴェラ』を持つ王子は他にいない。即位《そくい》すれば、史上初めて『ヴェラ』を得た王になるだろうと言われている。

話を報告書に戻そう。

当然のことだが、シュターゼン伯《はく》の報告書はエルゼヴェルトの司法官とは視点が違う。

だから、同じ事実を書いていてもまったく印象が違っていた。

伯爵の報告書から浮かび上がるのは、貧しい農村の一庶民《いちしょみん》のごく当たり前の生活だ。

農村の農民階級ならば貧しいのは誰でも一緒《いっしょ》だし、村のバーで小銭をかけてダーツをしたり、サイコロ賭博《とばく》やポーカーをするのは村の男達の当たり前の趣味《しゅみ》で、ポーカーの負けがこんでいたといっても三連敗した程度。次の月給には返せるくらいの金額にすぎない。

お金が欲しいというのが口癖《くちぐせ》な人間は別に珍《めずら》しくはない。儲け話という単語はちょっと気になるが、例えば、新しく作付けした新種の芋《いも》を村の市場ではなく町で直接売れば倍で売れる……それだって、農民階級の彼らにしてみれば大きな儲け話だ。

ゆえに、スープ番の料理人が犯人だと断定するのは早計《そうけい》であると報告書は結んでいる。

光の当て方で見える景色が変わるように、視点が違えば浮かび上がる事実も違う。

弁明をする本人は、もういない。

彼の為に反論してくれる人もいない。

今はまだ証拠はなく、状況証拠による疑惑《ぎわく》にすぎない。でも、そのうちに彼の荷物の中から、彼の賃金で貯めることが難しい大金や、エルルーシアの命を奪った毒薬が発見されるのかもしれない。

そんなもの、後から放りこんだってわからないのに。

(……あるいは、本当に関わっていたのかもしれない)

私が疑いすぎなのかもしれない。素直《すなお》に状況証拠を信じればいいのかもしれない。

疑わしいとされる証拠をたくさんつきつけられても何か釈然《しやくぜん》としないのは、犯人だと目《もく》されている男が、スープ番だからだ。

あのあさりのスープの出来は、絶賛するにはちょっともの足りなかった。

でも、技術的にはしっかりしていたと思う。

浅蜊自体はおいしく処理できていた。砂もきちんと吐《は》かせてあったし、肉厚で大きめの浅蜊は煮《に》すぎずふっくらとしていた。歯ざわりも固すぎず、生っぽさも感じなかった……火加減が適切だったのだ。

ガスがあるわけではない。レンジやタイマーがあるわけでもない。おそらくは直火《じかび》でスープを作っていただろう彼が、スープを作る以外のことをできたとは思えない。

あのスープの出来からして、何か余計なことをしている暇《ひま》はなかったはずだ。

(スープの火口はオーブンの隣《となり》だし、炒め物のストーブはパン窯《がま》の向こう側だ……)

厨房にいた人間なら毒を投入するチャンスはいくらでもあると思うかもしれないが、報告書の貝取り図によれば、スープを作っていた一角と、炒め物を作っていた一角が離れすぎている。しかも、間にはパン窯があって、そこにも担当の人間がいた。
実際、彼が炒め物を作っていたストーブ廻《まわ》りに近づいたという証言はない。
盛り付けた後に入れるのもほとんど不可能だ。できあがってすぐに運んだとなっている
し、彼が近づいたという証言もない。
当時、厨房《ちゆうぼう》には十人以上の人間がいた。
すべての作業を監督《かんとく》していた料理長は、おかしなことをしていた人間はいないと証言し
ている。腕はいまいちかもしれないが、スープ番を犯人と見なしている司法官を前に、消
極的ながらも部下を庇《かば》うその姿勢は評価に価《あたい》する。
（なんだか、こんがらがりそう……）
考えることがいっぱいあった。
何も考えずに生きてきたつもりはないけれど、こちらで目覚めてから、ものすごく頭を
使っている気がする。
司法官が半ば彼を犯人扱いしていることで、エルゼヴェルト公爵《こうしやく》の立場はあまりよろ
しくない。むしろ、密《ひそ》かに真犯人確実視されている。
（スープ番の人の家は、先祖代々、公爵家の小作農か……）
小作農と領主の関係は、自主的に従う奴隷《どれい》と主人に似ている。奴隷という身分でこそな
いものの小作農は領主の命に逆らうことなどできない。

彼が公爵の命により、それを実行したと見なすことは極めて自然だった。

公爵は何度も釈明《しゃくめい》に来ようとしていたらしいが、シュターゼン伯爵に言い訳は無用と言われ、リリアには取り次ぎすら断られたらしい。

（普通《ふつう》に疑われるよね……ある意味、当然といえば当然）

でも、逆に私は彼の関与《かんよ》を疑っていない。

こんなにわかりやすい手を使うとは思えないのだ。

エルゼヴェルトの城の中で、エルゼヴェルトの料理人が作った料理に毒を盛る。そこから導き出される犯人は……あまりにもわかりやすすぎる図式だ。

（公爵が私を狙《ねら》う理由がないし、そもそも、こんな単純な手は使わないと思う）

エルゼヴェルト公爵ならば、絶対に自分ではないことを証明できる状況と、絶対に自分が疑われないだろう手段を考え出すだろう。


両方の報告書でわかった事実……エルルーシアが倒れてすぐに、私の護衛騎士達はこの城の厨房を押さえて、私の朝食に出された残りと残っていた材料をすべて調べたという。

材料そのものにはまったく異常はなかったらしい。調味料も。

毒を検出したのは、私の部屋に運んだ『青菜としめじの炒め物』の皿だけ。

フライパンは洗ってしまった後だったので、調理中に混入したのか、あるいは、調理後、私の部屋に運ばれる間に混入したのかは不明。

厨房から私の部屋まで『青菜としめじの炒め物』を運んだのはエルルーシア。どうやら侍女達は、自分が運んだものを毒見しているらしい。

(毒物ってどんな形状だったんだろう？　……粉末か……液体か……)

廊下《ろうか》ですれ違いざまに混入とか可能なんだろうか？

毒物についてはまだ調査中だが、おそらくリギス毒ではないかと書いてある。

リギスというのは、花は鎮痛《ちんつう》、葉は沈静《ちんせい》の効果のある薬草だ。広く利用されていて、どこの家庭でも庭にリギスは植えられているし、女の子は嫁入《よめい》り道具の一つとしてリギスの鉢《はち》植えを持参するというほど一般的《いっぱんてき》なもの。

だが、このリギスの根を腹くだしの特効薬であるラゴラの葉と共に煎《せん》じると恐《おそ》ろしい毒になる。

しかも何が一番恐ろしいかといえば、即効性《そっこうせい》ではないところ。内服《ないふく》してしばらくは何ともなくても、気付いた時にはもう遅い。吐き出しようがなくなっている。それはやがて内臓を溶《と》かし、死へと誘《いざな》う。遺体の肌《はだ》は爛《ただ》れ、時間が経《た》つと紫《むらさき》の斑点《はんてん》が出るという。

(最初からエルルーシアが標的だったということが、あるんだろうか？)

私の身代わりでなく、エルルーシア本人が狙われたのだとしたら……と考えてみる。

明るく可愛《かわい》らしい少女だった。剣《けん》の腕もなかなかだったという。いざという時に私の盾《たて》となるよう言いつけられていた。

でも、何をどう考えても、エルルーシアが私の侍女であったことと無関係とは思えない。

「妃殿下」

呼びかけられて、意識が現実へと立ち戻る。

目の前にいたのはシュターゼン伯だ。屈強《くつきよう》な身体つきのいかにも武人らしいこの初老の騎士は、無駄《むだ》なことは口にしない。

でも、不思議と頼《たよ》れそうな安心感がある。この人が『ヴェラ』を持つ学者でもあるのが、とても不思議だった。

北の出だと思われる薄《うす》い金の髪《かみ》……北の民《たみ》は銀髪《ぎんぱつ》か淡《あわ》い色合いの金の髪を持つ者が多い。瞳の色で多いのは蒼《あお》か水色で、伯爵は水色だ。

(もっと不思議なのは、そんな人材が私の護衛隊長なことだけど)

「妃殿下、王都への帰還の日程表になります」

膝をつき、両手で差し出す。私はそれを受け取った。

「ありがとう。世話をかけます」

彼は言葉を発した私にやや驚いたように目を見開いたが、すぐに軽く目礼をして出て行く。急な決定だったので、皆帰還準備に忙《いそが》しいのだ。

目覚めてから侍女達としか接していなかったが、事件の後、護衛騎士達の姿をよく見るようになった。これまではあまり目立たぬように護衛任務についていたようだが、「墜落《ついらく》事故」「毒殺未遂《みすい》」と続いたために、方針を百八十度転換《てんかん》し、あからさまに護衛の姿を見せつけることで半ば威嚇《いかく》するようにしたらしい。

（逃げるわけではない）

ここより安全と思われる王宮に逃げ帰るわけではない。

ただ、確実に誰かの殺意が向けられている。どんなに考えても、それは否定できなくなった。

これまで私は、殺意を認識《にんしき》できていなかった。狙われていると言われていたのに、記憶《きおく》を失《な》くしたせいでそれをあまりにも遠いもののように感じていた。

けれど、今は違う。

（私の、敵）

私の命を狙っている、敵。

命が狙われるということを、本当の意味ではまだ理解していないかもしれない。

でも、自分が今、日常的に危険の中に在《あ》るということははっきり自覚している。

職場と家とバイト先を行き来して、時々、誰かと遊びに行ったり愚痴《ぐち》ったりして、命の危険なんてまったく気にしなかった生活はもう遠い。

（報復をする）

やられてだまって泣き寝入りするようなかわいらしさなど、私にはない。右の頬《ほお》を殴《なぐ》られたら、両頬を殴り返す。馬鹿《ばか》だとわかっているけれど、売られたケンカは買うタイプだ。

でも、それだけでは足りない。絶対的に足りない。

私が生きていること、それが、一番の報復になるのだろう。

(これが正当な怒りじゃなかったとしてもかまわない。八つ当たりでもいい)

やられたら、やり返す。それは本来正しくない、と心の中で囁《ささや》く小さな声がある。

アメリカでおこったテロのことを思い出した。大国が陥《おちい》った泥沼《どろぬま》。報復が報復を呼ぶ悪《あく》循環《じゅんかん》スパイラル……負の連鎖《れんさ》。報復なんて意味がないと重ねて囁く声。

でも、何もなかったことにはできない。だって、エルルーシアはもうどこにもいない。

(そのくせ、私は弱虫で……この手は、小さすぎて……)

だから、自分の手でやり返すことができない。たとえどんなに憎《にく》んだとしても、どんなに殺意を覚える瞬間《しゅんかん》があったとしても、二十一世紀の日本で平凡《へいぼん》に生きてきた人間に人を殺すことは不可能だ。

私にできること……それは……。

(犯人を明らかにすること)

これは、実行犯と目されたスープ番の男のことではない。

彼に代わる別の実行犯がいたとして……その人間のことでもない。

実行犯にももちろん罪はあるだろう。

でも、私を殺せと命じた人物――その人こそが、本当の犯人だ。

(命じた人間を法廷《ほうてい》に送り込む)

それが、間接的にしか手を下すことができない私にできる、精一杯《せいいっぱい》の報復だ。

(最終目標が決まったから、まずは情報収集から)

自分で直接情報を集められないことが歯がゆく、墜落事件の記憶がないのが痛い。

そもそもアルティリエは、犯人を見ているかもしれないのだ。

私が覚えていれば、この事件と合わせて一気に解決するかもしれなかったのに。

推理小説のようにいろんな人に聞いて回れればいいけれど、私がそんなことをすると目立ってしょうがないし、周囲に説明が出来ない。

実のところ、墜落事件については、最初のうちはもしかしたらアルティリエの自殺の可能性もあるんじゃないかと疑っていた。

(だって……)

人形姫と呼ばれていた彼女の心の空虚《くうきょ》さを、何となく感じていたからだ。

はっきりと自分から飛び込んだりしなかったとしても、危ないのをわかっていてそういう場所に行く……そうして自分自身を試《ため》すようなことをしたのかもしれない。

湖の上のバルコニーは風が強い。夜ともなれば尚更だ。アルティリエはすごく体重が軽いから、そこでバランスを崩《くず》したりしてもおかしくない……未必の故意の事故。

(でも、今はそれは絶対ないって言える)

少しずつ私の中にアルティリエが甦《よみがえ》るにつれ、そんなことはないと思えるようになっていた。

アルティリエの心のすべてがわかるわけじゃない。ぼんやりと感じることがあるだけ。

でも、ちょっと考えてみればわかる。

浮かび上がってくるアルティリエの知識は、彼女が一生懸命《いっしょうけんめい》勉強して身につけたものだ。

(何の為に……?)

それは、彼女が王太子妃に相応《ふさわ》しい自分であろうとした努力の証《あかし》だと思う。

だとすれば、そんな子が自分から危険な場所に行くはずなどなかった。

彼女は、自分がダーディニアにとって意味を持つ存在であることをちゃんと理解していたのだから。

墜落事故は、事故ではなかったのだと今ならはっきり言える。

(だから……私は逃げない)

逃げ出して安全なところに隠《かく》れるつもりもない。

（ただ、ここはアウェーだから、ホームに戻る）

敵は私を知っているのに、私は敵の影《かげ》も形もわからないでいる。

大丈夫《だいじょうぶ》。自分から危険に飛び込んだりはしない。

アルティリエが重ねてきた努力を、絶対無駄にはしない。

だって、私は王太子妃なのだから。

（……ただ、降りかかる火の粉を、払《はら》うだけ）

自己防衛は必須だ。

それがちょっと過剰防衛《かじょうぼうえい》になっても、許される範囲だろう。たぶん。


翌日、すべての支度《したく》を整えてから、いつもの朝の公爵の挨拶《あいさつ》を受けた。

側で控《ひか》えているリリア以外の侍女達は、忙しく荷物を運んでいる。護衛の騎士も背後に立つ二名を除いては、全員準備に追われていた。

「毒殺の危険があったのです。通常の護衛では不十分です。こんなに急にお帰りになられるなど……王都に連絡《れんらく》し、王太子殿下のご指示を仰《あお》がねばなりません」

王宮に帰ると告げた私に、エルゼヴェルト公爵は猛反対《もうはんたい》した。

更にいろいろと理由を述べ立てる。
まあ、気持ちはわかる。このまま釈明できずに帰してしまったら大騒ぎだ。
「帰ります」
でも私は、はっきりともう一度告げた。
驚いたように公爵が私を見る。
アルティリエに、こんな風に意思表示をされたのが初めてだったせいだろう。
もしかしたら、声が出ることをまだ知らなかったのかもしれない。
「私は、王宮に帰ります」
公爵の碧《あお》い瞳をまっすぐと見て、繰《く》り返《かえ》した。
光の加減で青にも碧にも見える瞳。色みの違うあおが揺れる。
(ああ……)
私は、自分の瞳の色が、この人から継《つ》いだ色であることを知った。
「……エルゼヴェルトを、お疑いか?」
公爵が、声を絞《しぼ》るようにして問うた。
目を逸《そ》らすことなく、見返された瞳……初めて、彼と向き合っているのだと思った。
彼の一言が、並々ならぬ重みをもって発せられたのだと感じる。
彼は、疲れきっていた。

身なりには相当気遣《きづか》っているのだろう。短い顎髭《あごひげ》はきちんと手入れされているし、鋼《はがね》の色合いを帯びた黒髪は艶《つや》やかだ。流行をとりいれた細身の長衣《ちょうい》はシワ一つない。見た目は四十五歳という年齢《ねんれい》よりも若く見えたが、その瞳には虚《うつ》ろが見える。まるで絶望と諦《あきら》めに浸《ひた》る老人のようだ。

私は、彼に伝わるようにと願いながら答えた。

「いいえ」

はっと息を呑《の》んだのが、公爵だったのか、それとも侍女や護衛騎士達だったのかはわからない。あるいは、双方《そうほう》だったのかもしれない。

でも、どちらにも、私の答えはちゃんと伝わったとわかった。

あえて、理由は述べなかった。

どこに真犯人の目があるかわからない以上、余計なことはしたくない。

今のところ、まだアウェーにいる私の唯一《ゆいいつ》のアドバンテージ。

——アルティリエは十二歳の少女だけれど、和泉麻耶《いずみまや》として生きてきた三十三年の人生経験値を持っている、ということだ。

せいぜい、まだ十二歳の世間知らずのお姫様だと思って舐《な》めきっていてもらわなければならない。

「わかりました。……ではせめて、息子《むすこ》に護衛をさせることをお許しいただけませんでしようか」

公爵はそれ以上を問わなかった。ただ、どこか懇願《こんがん》するような声音《こわね》で言う。

私は首を傾げた。公爵の息子に護衛が務まるのだろうか？

「公爵のご子息《しそく》、ディオル様とラエル様は共に東方師団に所属しておられます」

リリアが問題がないことをそっと教えてくれた。

ダーディニアの国軍は大まかにわけて六師団。東西南北の各師団に中央師団、それから近衛師団《このえしだん》だ。これに、各貴族の私兵団がある。エルゼヴェルトは東の要《かなめ》だ。公爵の地位から考えて、その息子が東方師団に勤務しているのはおかしなことではない。

「許可します」

私はうなづいて、立ち上がる。

公爵は、どこか安堵した表情で一礼した。

正直、何度会ってもこの人が父という認識は生まれてこない。でも、自分がこの人と血がつながっていることは、何となく感じていた。

「世話になりました」

「いいえ。妃殿下におかれましては、道中、恙無《つつがな》きようお祈《いの》り申し上げております」

公爵がそう言って私の前で道中の無事を祈る聖印をきる。

私はそれに応えてうなづいた。

和解したと言える状況ではまったくなかった。

私は母を想う胸の痛みを忘れることができない。

けれど、ほんの少しだけ歩み寄った気がしていた。

たぶんそれは公爵も一緒だったのだろう。

出立《しゅったつ》の際、公爵は外まで私を見送りに来た。

私の馬車が見えなくなるまでずっと、公爵の姿は城の跳《は》ね橋《ばし》の上に在《あ》り続けた。


初めて料理をしたのは、王都への帰途《きと》、野宿を余儀《よぎ》なくされた為だった。

こちらでは、宿泊施設《しゅくはくしせつ》はそれほど多くない。女子供が中心の旅は歩みもゆっくりだ。

来る時は、王都からエルゼヴェルトの城まで十日かかったという。

王族という高貴な身分で旅慣れぬ幼い私のために、大きな街ばかりを選んで宿泊したからで、そういったことに一切頓着《とんちゃく》しなければ、だいたい五日くらいで着くらしい。早馬で走り通せば三日で充分だという。

帰途は、エルルーシアの遺体を運んでいることもあって先を急いでいた。予定では、五日は無理でも六～七日程度を考えていた。

その三日目のこと。順調に半分くらいまで来たところで、私の馬車の車輪がはずれてしまったのだ。よく見れば車軸《しゃじく》が磨《す》り減《へ》っていて、交換《こうかん》を余儀《よぎ》なくされた。車軸の交換は、時間がかかる。

「このままでは、今日中に次の街に入ることはできません。このあたりには町や村もありませんし……」

ちょっと大きな街は夜になれば門を閉める。門を閉ざしたら特別な許可がない限り、街の中に入ることは出来ない。

「ですが、妃殿下のお名前で閉ざされた門を開くことは可能です」

リリアが言葉を添《そ》える。

私は首を横に振った。そういう無理はできるだけしたくなかった。無理を押し通さなければいけない事態でもない。

「今夜は野営となりますが、よろしいですか？」

「はい」

うなづいた。

元々、天幕《てんまく》などの野営の準備もしている。

この世界で旅をするというのはよほどお金に余裕がない限り、野宿は当たり前のことだ。

あちらで生きていた私などは、ホテルや旅館に泊《と》まればいいとすぐ考えるけれど、こちらの世界で宿泊施設を利用できるのはそれなりに収入のある者だけだ。

専門の宿泊施設の数はそれほど多くないし、少し大きな町にならないとない。宿泊施設がない場合は、だいたい皆教会に行く。教会で幾《いく》ばくかの喜捨《きしゃ》をして、空《あ》いている修行《しゅぎょう》者《しゃ》用の宿坊《しゅくぼう》に泊めてもらうのだ。

私達の一行は、約八十名ほどの大所帯だ。大きな街ではともかく、小さな町では分散したとしても、これだけの人数が宿泊できる場所はない。

昨日宿泊した町も小さく、私達は教会で休ませてもらったが、騎士達は教会の周囲に天幕を張って休んでいた。彼らにとって野営するのは当然の認識で、私達が我慢《がまん》すれば問題はない。

氷月《ひづき》半ば過ぎの寒い時期だったが、このあたりはそれほど雪深くなる地域ではない。火を絶やさなければ一晩くらいは大丈夫だろう。

それに私は、毛糸のタイツをはかされ、全面に毛皮の裏打ちのあるフード付きの外套《がいとう》を着せられており、更には毛皮の中敷《なかじき》をしいたブーツまで履《は》かされているのだ。完全防寒状態といっていい。

街道《かいどう》から少し入った水辺にほど近い丘《おか》が、野営地と決められた。風除《かぜよ》けの林もあり、見通しがきく場所だ。

騎士達は天幕を張ったり、馬の世話をしたりと忙しくしていて、食事のしたくは私の侍女達が中心となって行う。

「妃殿下はこちらでお休みください」

騎士達が石を積んで簡単な暖炉《だんろ》を用意してくれて、そのそばに椅子を置いてくれた。

寝るのは、馬を外した馬車の中。馬車の座席の背もたれを倒してクッションを敷きつめれば簡易ベッドだ。そのわきに、二重になった小さな天幕も用意してくれる。

荷馬車からは、積んでいた大鍋《おおなべ》や野菜などの入った箱がおろされた。

こうした旅では自炊《じすい》が多い。宿屋ならともかく、教会や領主館に宿泊することになった場合は、場所を借りて自分達で作るので、材料を多めに準備しておくのが普通なのだそうだ。

「何を作るのですか？」

「主食が軍の携帯《けいたい》糧食のビスケットなので、スープを添えようかと思います。……狩《か》りのうまい者が、雉《きじ》を獲《と》ってくれましたし」

道中、狩りをするのも当たり前。そうでなければ、新鮮《しんせん》な肉類はほとんど口に入らない。

「そう。楽しみね」

私は小さく笑う。リリアや侍女達が、嬉《うれ》しそうに笑っている。

笑顔の連鎖。沈《しず》みがちな気分が明るくなる。

私が笑みを見せれば、皆も笑みを浮《う》かべてくれる。だから、私は笑っていようと思う。

(私にはそれくらいしかできないもの)

幼く、力もなく、自分のこともよくわかっていない私にできることはそれほど多くない。

(何かこわいなぁ、その手つき)

小さなナイフで作業しているアリスやジュリアを見ながら、私は軽く眉《まゆ》をひそめた。

ダーディニア貴族の奥方《おくがた》や令嬢《れいじょう》は、自身で料理をしない。

料理人と相談してメニューを決めたり、ディナーの采配《さいはい》をふるうことはあっても、手ずから料理を作ることはない。これは身分が高くなればなるほど顕著《けんちょ》な傾向《けいこう》だ。

「きゃあ」

「いたっ」

ジュリアが剝《む》いていた芋を落とし、アリスが指を切る。

「何やってるの」

リリアが呆《あき》れ顔になる。さすがにリリアは器用だ。御料牧場の管理者の娘で料理経験のあるミレディと二人で奮闘《ふんとう》している。

別に料理が軽《かろ》んじられているわけではない。

むしろ、こちらでは料理人は高給を得られる専門技能職として認められている。使用人で一番給金が高いのは執事《しつじ》だが、腕の良い料理人は、その執事に匹敵《ひってき》する俸給《ほうきゅう》を得ることもあるという。

貴族の館の料理長ともなれば、地元では名士扱《あつか》いだし、農村の貧乏人《びんぼうにん》が出世しようと思ったらまず料理人を目指せと言われている。

ただ、調理設備がそれほど発達しているわけではないため、事故も多い。常に火を使う厨房は危険な場所だから、婦女子に踏み込ませないという騎士道精神から、貴族の奥方や令嬢は、あまり厨房に入らないものとされているらしい。

市街や農村の人々の間においてはまったく逆で、調理は一家の主婦の大事な仕事で、男は邪魔《じゃま》をしない為にも厨房には入らないこととされている。

(今日は、時間がかかりすぎるとちょっと不満が出そうだよね……)

昼の休憩《きゅうけい》を満足にとれず、皆おなかが減っているだろう。

騎士達は野営に慣れているので手際《てぎわ》がよく、既に準備を整えつつある。

私達はともかく、騎士全員が天幕に入れるわけではない。半数以上が火の側で肩《かた》を寄せ合うことになる。せめて、体を芯《しん》から温めるようなものを早く食べさせてあげたかった。

「……私もやるわ」

「え?」

「本で読んだ料理があるの。身体が温まる料理。私が作るわ」

ごめん、本で読んだっていうのは嘘です。野外でこれだけの人数分を調理するのははじめてだけど、この覚束《おぼつか》ない手つきの侍女達よりはマシだろう。

「え、あ……」

リリアに何か言われる前にさっさとアリスの使っていたナイフを手にする。

本当は、おとなしく見ていようと思っていたの。

(だって、それが私の役目だもの)

でも、何もしないでただ座っているだけなのは苦痛だった。

(私にもできることがある)

何よりも、久しぶりに料理がしたかった。自分で作りたかったし、自分の好きな味のものを食べたかった。

「アリスは傷の手あてが終わったら、騎士達に鍋《なべ》に水を汲《く》んでもらって」

「はい」

「終わったら、調味料をその板の上に並べて」

手が動く。小さくなってしまったけれど、ナイフはちゃんと扱える。良かった。指先の感覚は鈍《にぶ》ってない。

「そこ、手が空《あ》いている人がいたらお芋の皮を剝いて。人参《にんじん》とダーハは剝かなくていいから綺麗《きれい》に洗って……これくらいの厚みでこんな風に刻んで」

手持ちぶさたそうな騎士にいちょう切りの見本を見せる。ダーハというのは緑色の大根。味もクセがなくすっきりしていて、見た目も大根そのものなんだけど、色が中まで黄緑という代物《しろもの》だ。私には、いつかこれでふろふき大根を作りたいという野望がある。

「きのこは軽く洗って。お肉は解体できた？　そう。じゃあ、一口サイズに切って」

この場合、必要なのはスピードだ。

並べられた調味料を見ると味噌《みそ》があった。九州の麦味噌みたいに見える。舐《な》めてみたら味もよく似ていたし、これはいい！　と思った。麦味噌大好き。

(味噌仕立《じた》ての雉汁《きじじる》にしよう。生姜《しょうが》とネギたっぷりで)

生姜をたっぷり刻み、半分を味噌と混ぜる。そこにワインで洗い、塩を振った雉肉を漬《つ》け込む。本当は一時間くらい漬けておきたいけど贅沢《ぜいたく》は言えない。

一行の人数は総勢八十名余り。この人数分を作るのはなかなか労力がいる。

「お椀《わん》とか人数分あるのかしら？」

私の疑問に、かたわらにいた淡い金の髪の人が答えてくれた。

「騎士は携帯糧 食《りょうしょく》を常に三食分携帯していますが、糧食が入っている缶《かん》の蓋《ふた》が皿、容器部分がお椀代わりになるんですよ」

「そうなの？　缶で熱くないの？」

「熱いですよ。でも、手袋《てぶくろ》もありますし、慣れていますから」

初めて知った！　あの缶で煮炊《にた》きもできるそうだ。飯盒《はんごう》みたいなものかも。ちょっと欲しいと思ったのは内緒《ないしょ》。いや、使うチャンスもなさそうだけど。

「あ、これを洗って。それから、そのきのこも洗って。鍋には油を多めに……そう」

騎士団には料理番の従騎士もいる。今回同行している中では、グレッグとオルという二人。彼らは力がない私の代わりに実際の調理を担当してくれた。

「まずは、生姜を炒めて」

半分残しておいた生姜に赤とうがらしを刻んだものを混ぜる。

じゅっという音と冬の夜の空気の中に立ち上る香《かお》りに、皆がこちらに注目しはじめた。

「お肉を抜《ぬ》いて……味噌を全部入れて炒めて」

火ががんがんに強くなってくる。味噌が焦《こ》げる香《こう》ばしい匂《にお》いがした。

それから、雉肉を炒める。味噌を先に少し焦がしておくのがコツの一つね。

鍋をかき回している棒が、交換した馬車の車軸に見えて思わず注視《ちゅうし》する。

「ああ、あれはさっきの車軸です。大丈夫です。表面は一通り削《けず》りましたから」

（ちょっと待って！　車軸だよ？　車軸でこれから食べるものかき混ぜているんだよ？

なんで平気なの？　え？　おかしいのは私なの？）

でも私の逡巡《しゅんじゅん》なんてまったく従騎士達は気付かない。

（いいや、気にするのやめよう。きっと、気にしたら負けだ……）

次いで、隣の大鍋でがんがんに沸かしていたお湯を注ぎいれる。じゅわーっという音がして、猛烈《もうれつ》な湯気が立ち上った。

「あつっ」

「妃殿下っ」

「大丈夫。ちょっとはねただけ。……あ、お野菜を投入して」

手に滴がとんでびっくりした。私は驚いただけだけど、グレッグとオルはあからさまに顔色を変える。わざわざ膝《ひざ》をついて謝罪しようとするのを押し留《とど》めて、次の手順を指示した。こんなのたいしたことないのに。

野菜が煮えたら、味を見ながら仕上げをする。お玉は普通サイズだった。鍋に落としたらきっとわからなくなってしまうだろう……それくらい鍋は大きい。

お玉でバケツに入っている塩をがばっとすくって投入する。料理っていうにはあまりにも豪快《ごうかい》すぎるけど、この量では仕方がない。

最後に白ワインを大瓶《おおびん》で三本。遠慮《えんりょ》なく注いだら、シュターゼン伯爵がもったいなさそうな何とも情けない顔をした。どうやらワイン好きらしい。でも、このお酒が味に深みをあたえてくれるんだよ。

「……もう、できたんですか？」

さっきから待ちかねている金髪《きんぱつ》お兄さんだった。いかにもお坊《ぼっ》ちゃん風の育ちの良さ。

ついでに、これまで見た中ではピカイチ顔が良い。

アリスやジュリアがさっきから意識しているのが丸わかりだ。

「ええ。あ、食べる前に好みでネギをいれて」

あれ？　もしかして、この人、あれじゃないだろうか……えーと、護衛につけられた私の三番目のお異母兄《にい》さん。

「あの……」

「妃殿下、これ、うまいです。どこの料理ですか？」

「えーと……本で読んだの。生姜をたっぷりいれると身体が温まるって書いてあったからちょうどいいと思って……」

確認しようとしていたら、知らない誰かから声をかけられる。名前が思い浮かばないから、エルゼヴェルトの騎士かもしれない。彼に答えている間に、兄らしき人の姿は視界から消えてしまった。今度見た時は忘れずにお礼を言おう。

夜の中に広がる温かな匂いのせいで、行儀《ぎょうぎ》が良いはずの騎士達が歓声《かんせい》をあげて鍋に群がってくる。

「……妃殿下、これ、すごくおいしいですわ」

おそるおそる口にしたリリアが目を丸くしている。いつの間にかリリアは、私をもう姫とは呼ばなくなっていた。

いつからかな、と思ったけどちょっと思い出せない。

妃殿下と改まって呼ばれていても、何となく前より気持ち的には近い気がしている。

「良かった」

「妃殿下に料理の心得があるとは存じませんでした」

「心得というほどのものでもありません」

シュターゼン伯の言葉に、笑みを返す。

伯爵の顔が少し赤く染まったのは、火の照り返しじゃないはずだ。

(美少女の満面の笑顔って、すごい威力《いりょく》だな)

おかげでそれ以上追及されなかった。

……私がわかる範囲では、アルティリエにはないからね、料理の心得。

本で読んだ知識ということで押し通そう。幸い、アルティリエがよく本を読んでいる子だというのは周知の事実のようだし。

あちらこちらで、うまい、とか、よくわからない雄叫《おたけ》びがあがってる。

どうやら味噌仕立ての雑汁の味付けは、大成功のようだ。私はこういう野外での力技《ちからわざ》系の料理はそんなに得意じゃないけれど、うまくいって良かった。

「殿下、どうぞお召《め》し上がりください」

私の分も木椀《きわん》によそわれて運ばれてくる。添えられた木匙《きさじ》は丁寧《ていねい》な仕事のされたもので手によく馴染《なじ》んで使いやすい。

本当は銀のカトラリーよりもこっちの方が食べやすいのだけど、毒の混入予防も兼《か》ねているからあれはあれで仕方がない。

あつあつの汁をふーふー言いながら食べるのはすごくおいしい。こうして、火のそばで皆で集まっているのもそれに輪をかけている。

考えてみれば、こちらで目覚めてから誰かと一緒にごはんを食べるのは初めてだ。

椅子に腰掛《こしか》けているのは私だけで、あとは皆、切り株をもってきたり、石に座っていたり、地面に木の枝を敷いたりして座っている。

身分の違い、というものをあからさまに目の当《ま》たりにする。

私は今後これを、当然のものとして受け入れなくてはいけない。

でも、それでも、エルゼヴェルトの城にいた時よりもずっと皆を近く感じていた。

「……皆で食べるとおいしい」

誰に告げることもなしにつぶやいた言葉に、隣に座るシュターゼン伯が目を細めた。

(忘れないでおこう……)

赤々と燃える炎《ほのお》、立ち上るいい香りの湯気、陽気な騎士達のざわめき。

きっと、こんな機会はそうそうないから。

王都に着けば、今回のためだけに組織された護衛隊は解散される。

リリアのお酒でほんのり赤く染まった顔、ジュリアのおかわりする時の笑顔にアリスとミレディの内緒話《ないしょばなし》をしている顔。エルルーシアの姿がここにないことに胸が痛む。

でも、すごく温かいその光景は、見ているだけで楽しかった。

だから、ずっと忘れないでおこうと思う……きっと、思い出すたびに胸を温めてくれる記憶になるだろう。

シュターゼン伯爵以下三十名の護衛隊の騎士が、国王陛下の許可を得て私に剣を捧《ささ》げたのは、王都に帰ってすぐのことだった。

…幕間… 執政官と王太子

僕が一週間ぶりにその執務室《しつむしつ》を訪《おとず》れたとき、そこは常ならぬ喧騒《けんそう》の中にあった。

「いったい、何がどうなっているのか説明してくれないか」

この部屋の主《あるじ》が、柔《やわ》らかな笑《え》みを浮《う》かべてぐるりと皆《みな》を見回している。

笑ってはいたけれど、その眼差《まなざ》しは絶対零度《れいど》の刃《やいば》の如《ごと》き鋭《するど》さだ。

そんな表情を見るたびに、お優しい殿下《でんか》という評判にケチをつけたくなるのはきっと僕だけではあるまい。

(いったい誰《だれ》がこいつを優しく慈悲深《じひぶか》いだなんて言ったのか……)

ダーディエ王家特有の輝《かがや》くような銀の髪《かみ》と冷ややかな蒼銀《そうぎん》の瞳《ひとみ》を持つ青年が、目の前で更《さら》に笑みを重ねる。

彼こそが、我《わ》が主にしてダーディニアの王太子ナディル・エセルバート＝ディア＝ディール＝ヴェラ＝ダーディエ殿下だ。

その容貌《ようぼう》は、大変に麗《うるわ》しい。王家の人々というのは美形の血を代々重ねてきているせいか、大変に美しい容姿を持つ。その中でもナディルはとびきりだ。

「レイ」

ナディルの唇《くちびる》が僕の名を紡《つむ》ぐ。

レイモンド・ウェルス＝イル＝ラーダ＝リストレーデというのが僕のフルネームだ。

身分としては王太子殿下の執政官の一人。

名を呼ばれた瞬間《しゅんかん》、切りつけられたような痛みを覚えるのは、僕が彼の求める答えを持たないことがわかっているので、情けない答えしか返せないからだ。

「申し訳ありません、殿下。この一週間、予算編成の調整で籠《こも》りっきりだったので、何がどうなっているか僕にもわかりません」

「……まだ終わっていなかったのか？」

ナディルの冷ややかさが二割ほど増量した。

「ちょっと合わない数字がありまして」

更に三割増した。これ以上増量するとヤバいので、僕は引《ひ》き攣《つ》り笑いを浮かべて言った。

「大丈夫《だいじょうぶ》です。原因は突《つ》き止めたので」

「……それで？」

どうするつもりなのか、と言外《げんがい》に問われる。

「あー、返済プラス慰謝料《いしゃりょう》吐《は》き出させて、弱みを握ったところで馬車馬のようにコキ使おうと思っています。殿下は見ないフリをしていただけますでしょうか」

僕の言葉に他の同僚《どうりょう》達がドン退《び》いた表情を浮かべたけれど、そんなにおかしなことを言っただろうか？　僕にはよくわからない。

「……わかった」

ナディルはほんの少しだけ考え込んだが、すぐにうなづいた。

たぶん、誰が予算をチョロまかしていたのか思い当たったのだろうし、そのうえで僕の案に賛成ということだろう。

処分するのは簡単だが、悪いことをするやつに限って有能《ゆうのう》なのが始末《しまつ》に終えない。

僕は再利用推奨《すいしょう》派《は》なので、一回は大目にみる決断を下すことが多い。これは、ナディルによく褒《ほ》められる点の一つだ。

「ところで、いったい何があったんですか？」

僕の問いに、その場はシンと静まり返った。

「え？」

そのどこか緊迫《きんぱく》した空気に、聞いたこちらのほうが戸惑《とまど》った。

だが、誰もがどう答えてよいかわからない様子のまま固まっている。

口を開いたのは、ナディルだった。

「妃が、襲《おそ》われたらしい」

「は？」

首を傾《かし》げ、言葉の意味を理解して唖然《あぜん》とした。

ナディルの妃はただ一人だけ。エルゼヴェルト公爵姫《こうしやくひめ》アルティリエ殿下だ。

その生まれと血筋により、誰よりも篤《あつ》い守護を受けている国家要人の一人。

生まれたときから王家の預かりとなることが決められ、公爵令嬢《れいじよう》でありながら姫殿下の敬称《けいしよう》で呼ばれ、一歳になる前にナディルの妻となった。

現在十二歳。人形姫の異名で呼ばれるほど無口で物静かな姫君だ。

だがナディルにしてみれば、おしゃべりでうるさいくらいなら、しゃべらないほうがよいと思っているに違いない。

「城の三階から湖に突き落とされたそうで、しばらく意識不明だったたそうだ」

「当たり前だろう。冬だぞ！　あのあたりはそろそろ湖に氷の張るころだ」

「ああ。幸いなことに、あの家の酔狂《すいきよう》な子供の一人がボート遊びをするため、周辺の氷をあらかじめ割っていたそうだ」

僕の背筋を冷たい汗が流れた。

澄《す》ました顔をしているが、ナディルも相当焦《あせ》ったに違いないし、苛立《いらだ》ってもいる。

（その証拠《しようこ》に、さっきからずっと手を握《にぎ》り締《し》めている）

表情に余裕《よゆう》はあるが、たぶん、それは取り繕《つくろ》うのがうまいだけだ。

この国で最も失ってはならない人は、実は国王陛下でもナディルでもない。

王太子妃であり、エルゼヴェルト公爵家の唯一《ゆいいつ》の嫡子《ちゃくし》であるアルティリエ妃殿下《ひでんか》だ。

王になれる血は他にもあるが、エルゼヴェルトの正統な血を正しく引くのは彼女しかいない。

（なぜ、こんなにもエルゼヴェルトは血が細いのだろう）

他の三つの公爵家に比べて、あまりにもその直系の血を継《つ》ぐものが少ない。妃殿下の代だけではない。公爵本人とて同母兄弟《どうぼきょうだい》が一人もいないのだ。ふと、そんな疑問が頭の隅《すみ》を掠《かす》めたけれど、それを振り払ってたずねる。

「なぜ、襲われたんだ？」

妃殿下に危険があることは承知していた。だから充分《じゅうぶん》な護衛をつけていたはずだ。

「なぜ？　とはこっちが聞きたい。影供《かげども》も含《ふく》めれば、五十人以上つけたのだぞ？　それでも裏をかかれた」

表だっての護衛もシュターゼン伯爵《はくしゃく》以下、腕《うで》の立つものを厳選している。

「……っていうか、妃殿下は生きているんだな？」

「ああ。……アルティリエの目が覚めたという知らせも来たのだが、情報が錯綜《さくそう》していて埒《らち》があかないから、フィルをエルゼヴェルトにやった」

フィル＝リン……覚えられないほどにフルネームが長い同僚の一人だ。同僚というよりは幼馴染《おさななじみ》という感覚のほうが強い。

身分にさほど重きをおいていなかった幼少時の学友達の中で、今もナディルの側近として残っているのは僕とフィル＝リンと、リウス子爵《ししゃく》セレニウス＝ファドルだけだ。

当時、ナディルには王太子になる未来などなかった。

王太子どころか、王子と呼ばれる未来もなかった。

ナディルはただの王族公爵として系譜《けいふ》の末席に座り、大学に籍《せき》を置いて好きな研究を思う存分するはずだった。そして僕は、そんなナディルの秘書かあるいは家令でもしながら、それなりに穏《おだ》やかな日々を送るはずだったのだ。

貧乏男爵家《びんぼうだんしゃくけ》の三男という身分からすれば、それすら過分の出世である。

(けれど運命は、ナディルを放っておかなかった)

まず、ナディルの父君である陛下が立太子し、ナディルが嫡長子《ちゃくちょうし》の第一王子と定められ、陛下が即位《そくい》するのと同時に立太子した。

当然のことだが、王太子殿下の側近には、王族公爵の側近などとは比べものにならないほどの高い能力が求められる。

僕らはそのボーダーをかろうじてクリアしたから、ここにいることが許されている。

僕とフィルとセレニウスには、他の側近達とは違うほのかな絆《きずな》というか情みたいなものがある。他の皆にはわからない苦労と幾《いく》つかの思い出が、僕らを結び付けているのだ。

僕はもう決してナディルの名を公《おおやけ》には口にできないだろう。未《いま》だにナディルを呼び捨てるフィルほど怖《こわ》いもの知らずではないし、僕は己《おのれ》の分をわきまえているから。

だから心の中でいつもナディルと呼んでいるのは、たぶん、あの頃の名残《なごり》だ。

『王家の血が生んだ稀代《きだい》の天才』

幼少時から、ナディルはずっとそう言われ続けてきた。

そして、大変外面《そとづら》がよいこの男には、有形無形にかけられるさまざまな人々の期待を裏切らないだけの能力があった。

優しく慈悲深く、聡明《そうめい》で武《ぶ》にも優《すぐ》れ……と、およそ考えうる限りの最高の褒め言葉をあふれんばかりに捧《ささ》げられ、それを裏切ったことがない完全無欠の王太子殿下。

政務を嫌《きら》う国王陛下の代理として、この国を実質治めているに等しいわが国の最高権力者であるが、そんな彼のたった一つの弱みが妃殿下だ。

良好な関係とは言いがたいが、さりとて険悪、というわけでもない。いかんせん、年齢が違いすぎるためにこれといって何があるというわけでもないというのが今の王太子夫妻の関係だ。

政略結婚というのは多少の無理があっても成立するものだが、まだたった十二歳の少女を妻と思えというのは無理がありすぎる。ナディルは幼女趣味でも何でもないのだ。

（それに、なんたってナディルが忙《いそが》しすぎるんだよな）

そのため、互《たが》いに歩み寄る時間もとれていないのが現状だ。このままではいけないと思いつつ、ついついおざなりにしていた矢先の、今である。

「もし、この王都に帰還《きかん》するという連絡《れんらく》が本当なら、フィルと行《い》き違《ちが》う可能性があるな」

セレニウスが、影供からのものらしいメモ片《へん》を手に眉《まゆ》を顰《ひそ》める。

妃殿下の一行が帰還するなら公用路を使うだろうが、フィルはきっと最も早い道を行くだろう。僕らは地図に載《の》っていない間道を熟知している。もちろん、フィルもだ。

「フィルと行き違っても別に構わない。どうせ、エルゼヴェルトで今回の件を調べなければいけないんだ。それはそれでちょうどいい」

フィル＝リンが間違っても手ぶらで帰ってきませんように、と僕は軽く祈《いの》っておいた。彼のことだから大丈夫だと思うが、時々ひどいポカをやらかすので気を抜けない。

「妃殿下が無事なのは確かなのでしょうか？　誤報ということはないですよね？」

メモ片やら文やら公用の急報やらを一つ一つ丁寧《ていねい》に読み、セレニウスと共につきあわせながら、王太子の筆頭秘書官であるラーダ子爵カトラス・ジェルディアが不安げな表情でこぼす。ちなみに彼と僕は同族で、又従兄弟《またいとこ》にあたる。

「複数から同じ連絡が入っているから、おそらくは間違いではあるまい。ただな……」

珍《めずら》しくナディルの歯切れがわるい。

「ケガでもしたのか？　容態は？　後遺症《こういしょう》があるのか？」

「幸いにもケガらしいケガはないが……記憶《きおく》がないらしい。これも不確定情報だが」

「……へえ」

「戻ったら、当分宮から出さないことにする」

ナディルはきっぱりと言う。

当初、本宮の後宮で暮らしていた妃殿下だったが、去年だか一昨年だかにナディルの住む西宮《にしのみや》にひきとられた。

ここまではっきりと言うからには、妃殿下は当分軟禁《なんきん》状態になるに違いない。

「一応、医師の手配をしておこう」

セレニウスの表情は険しい。彼は女子供に殊更《ことさら》優しいのだ。

「いや、それはこちらで手配した」

「宮廷《きゅうてい》医師か？」

「いや。大学の方から手を回した」

歴史と法学の分野では卒業したが、ナディルは未《いま》だに大学に籍を置いたままだ。

これはナディルが大学で特別な役職に在《あ》ること、また入学当時から天才と名高く、幾つかの分野で他者の追随《ついずい》を許さぬ結果を出していて、教授陣《きょうじゅじん》から一目《いちもく》も二目《にもく》も置かれているためだ。そのせいでいろいろと顔がきく。

「宮廷医師でないと、診察《しんさつ》させるまでが大変だぞ？」

「アレらは年寄りぞろいだから、腕に不安がある。……手間なのは今回だけだ。その功績をもって、妃と私の専属医として宮廷医師に任ずる予定だ」

宮廷医師というのは、医師としての名声だけではなれない。王族の生死に関わることもあるために、技術はもとより、信頼《しんらい》できるか否《いな》かが一番の問題になる。

自身の身分や履歴《りれき》はおろか、三代《さんだい》前まで遡《さかのぼ》ってありとあらゆることを調査されるそうで、ここ何代かは幾つかの家系が独占《どくせん》する特別な職能となりつつあった。

「本宮から文句がでるぞ」

「構わない」

きっとこれを機に宮廷医師の人事を一新するつもりなのだろう。

（まあ、本宮の医師達が信頼できるかっていうと怪《あや》しいからな）

この王宮では時折、毒の絡《から》んだ事件がおこる。そして、妃殿下の周囲には毒で亡《な》くなった者も何名かいる。医学的な知識のある者が関与《かんよ》していることは、間違いないのだ。

「記憶が戻ればそれを功績にすれば良いが……。無理だろうから、そのあたりは後で考えるさ」

「……何諦《あきら》めてんの？」

思わず、素で突っ込んでしまった。

「別に諦めてなどいないが？」

「いやいやいや、記憶喪失《きおくそうしつ》そのまま放置する気？」

「……あれは、忘れたかったのだろう。ならば、忘れさせてやるのも優しさのうちだ」

妃殿下がこれまでを忘れたかったから、忘れてしまったのだと言わんばかりのナディルに、僕は再び突っ込んだ。

「記憶がないんだぞ？　もっと何か言うべきことがあるだろう？　おまえのことも覚えてないかもしれないんだぞ？」

「記憶があろうがなかろうが、これまでの関係が変わるとは思えないが？」

一瞬《いっしゅん》、言葉につまった。正直、その通りだと思わず賛同しかける。

「……だからといって、過去をなかったことにはできないだろう」

「当然だ。……でもね、レイ。あの子は私の妃であることからは、何をどうしても逃げられない。ならば、忘れたいことくらい忘れさせたままでいてもよいと思うのだ」

「お優しいことで」

「……本当に優しいのなら、遊びたい盛《さか》りの十二歳の少女を籠《かご》の鳥にはしないよ」

ナディルは自分の言葉に苦笑《くしょう》した。

「とりあえず今回、一行に付《つ》き添《そ》わせたサリア子爵は次からはずす。まともに報告を送ることもできないのでは、付き添わせた意味がない」

「確かに」

サリア子爵は、妃殿下が葬祀《そうし》に参加するための一行に、道中の差配としてナディルが派《は》遣《けん》した文官の一人だ。妃殿下の側近達と護衛達の間を調整し、こちらに状況《じょうきょう》を細かに報告しながら、この度《たび》の行幸を恙《つつが》無く導くことを指示されていた。

ほとんど連絡もなく、幾つか送られてきた報告は要領を得ない。ナディルをはじめ、皆がこんなにもやきもきさせられるのだから、正直役に立っているとは言えない。

「まあ、王都に戻る日時くらいは知らせてくるだろう。道中差配なんだから」

「そうだな」

妃殿下が王都に戻るのにあわせて手配しなければいけないことを、僕は頭の片隅《かたすみ》に書き出す。随分《ずいぶん》と忙しくなりそうだった。

さすがのナディルも、派遣したサリア子爵があまりにも役に立たず、妃殿下の侍女《じじょ》達に名前すら覚えてもらえていないことなど予想もしなかった。さらには、道中差配どころかそれ以前の問題で、空気と化していたことなど知る由《よし》もなかった。

…第三章…

次の王となる者

「おはようございます。妃殿下《ひでんか》」

「おはよう。リリア」

昨夜遅くに王宮に到着《とうちゃく》し、半分寝た状態でお風呂《ふろ》にいれてもらった。恥《は》ずかしさも吹《ふ》き飛ぶほど疲れきっていたので、どんな風にお風呂に入ったのか自分でもわからない。たぶん、一生それを聞いたりしない。世の中、知らなくて良いことはあると思う。

ぼーっとした状態で、促《うなが》されるまま着替《きが》えを済ませる。白地に銀糸で雪の結晶《けっしょう》の縫《ぬ》い取《と》りがされた昼用のガウンは、とてもエレガントで少し大人っぽい。靴《くつ》も踵《かかと》が少し高くて、靴下《くつした》も揃《そろ》いの模様が刺繍《ししゅう》されたものだ。

「妃殿下、お疲れとは思いますがしゃっきりなさって下さいませ。本日は、国王陛下に帰国のご挨拶《あいさつ》を申し上げた後、王太子殿下とお茶の時間をすごす予定です」

「え？」

リリアは、他の侍女《じじょ》達に聞こえないように小声で私に告げた。

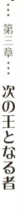

「……これから、ご夫君《ふくん》との初対面ですよ」

（え？　ええ――――――っ!!!）

ぱっちりと意識が覚めた。待って。心の準備が!!

王宮に帰還《きかん》すれば顔を合わせるのは当たり前だった。でも、エルルーシアのことで頭がいっぱいだった私は、そんなこと考えてもみなかった。……あのね、ちょっと待って。まだ、心の準備ができていないから。

「……リ、リリア。王太子殿下って、どういう方なの？」

「今更《いまさら》何を……帰還の旅の間に、皆《みな》から聞いていたのでは？」

この会話からもわかるだろうけど、王都までの帰途《きと》の間に、私はリリアを共犯者にすることに成功していた。

共犯者っていうか……味方っていうか……うまく言えないけど、そういうの。

だって、私一人ではできることなんか限られているもの。

「う、うん……でも、褒《ほ》め言葉ばかりでよくわからなかったの」

折に触《ふ》れ、こっそりと王太子殿下の人物評を収集していた。リリアをはじめ侍女には全員聞いたし、護衛の兵士達からの噂《うわさ》も聞いた。

皆、言葉は違《ちが》えど一律に同じことを言う。

美しく、聡明《そうめい》で、武勇に優《すぐ》れ、『ヴェラ』であらせられる王太子殿下。

幼少時より国政に参画し、次期国王として完璧《かんぺき》な才を持つ天才。

眉目秀麗《びもくしゅうれい》、冷静沈着《ちんちゃく》、文武両道……そんな褒め言葉ばかりが出てくる。

ありえないでしょ！　と突っ込みたくなった。そんな完璧な人、いないよ。絶対に猫《ねこ》かぶっているよね！

「皆の言う通りですよ。王太子殿下は、非《ひ》の打ち所がない方です」

「リリアの目から見ても？」

「……………はい」

（ちょっと待って、その間は何？　何か怖《こわ》いから！　それ！）

リリアは、いつも影《かげ》のようにそばに控《ひか》えてくれている。

特に、墜落《ついらく》事件の後は責任を感じてか私から目を離さない。その目をごまかして何かすることはほとんど不可能だ。

これからのことを考えたら、リリアを味方にしなければ何もできないと思ったし、いろいろ考えたけど、私はリリアが信用するに足ると判断して、正直な事情を話した。

さすがに、三十三歳の異世界人の記憶《きおく》があることだけは言えなかったけど、それ以外は全部――――墜落事件で目覚める以前のことはまったく覚えていないこと。必要な知識が時々、記憶の底から浮かび上がってくること。口を開かなかったのは、声が出なかったのではなく状況《じょうきょう》を観察していたこと……元々、目覚めてからの私に違和感《いわかん》を覚えていたというリリアは、それらの事情をすぐに納得《なっとく》してくれた。

私がすらすらしゃべるのには、それでも凄《すご》く驚《おどろ》いていたけれど。

その上で協力を求めた。このまま、ただ狙《ねら》われつづけるのは嫌《いや》だと。

墜落事件とエルルーシアの事件を調べて、犯人に思い知らせてやりたいと。

リリアは当初、私の身を案じて難色を示した。

だから私は、自分から危険に飛び込むつもりはないことと、この手でどうこうするのではなく、事件の全貌《ぜんぼう》を明らかにして本当の犯人を法廷《ほうてい》に送ってやりたいのだと告げた。

絶対に一人にはならないこと、何でもリリアに相談すること、を条件に彼女は私の味方になることを約束してくれた。

……ただ、気心が知れたといえば聞こえはいいけれど、その分いろいろと容赦《ようしゃ》がなくなった気がする。

「ちなみに、王太子殿下は、基本的にはお茶の時に室内に誰《だれ》も控えさせません。文字通りお二人きりとなりますので、どうか、頑張《がんば》って下さいませ」

リリアは淡々《たんたん》とした声音《こわね》で言った。

（な、何を頑張るのよ――――！）

あまりのことに、心の声は言葉にならなかった。

旦那、夫、主人、ダーリン……結婚相手を示す言葉はたくさんあるのに、己《おのれ》の夫を呼ぶ言葉を私は覚えていない。

（ど、ど、どうしよう……）

リリアの言葉のせいで、何だかすごく緊張《きんちょう》してきた。

何をどうすればいいのかすらわからない。

（ドキドキしてる……）

まるで、全身が心臓になってしまったかのようだ。

初めてこちらで目覚めた時も、初めて公爵《こうしやく》に会った時も……いや、考えてみればこっちにきて緊張なんてしたことがなかった。

元々の性格が楽観的で細かいことを気にしないせいもある。

さすがにそんな私でも、今はチクチク胃が痛むくらいに緊張していた。

（リリア、脅《おど》しすぎだよ）

でも、今日の私の衣装《いしよう》がいつも以上に気合が入っていた理由がわかった。髪だって、すごく丁寧《ていねい》に巻いてあるし、うっすらメイクもしている。

（リリアなりの援護射撃《えんごしやげき》だよね、これ）

美しい衣装もヘアセットもメイクも、王宮にいる女にとっては必須《ひっす》の戦闘《せんとう》準備だ。それは、たとえ私が十二歳の子供でも変わらない。

（標的《ターゲット》は、王太子殿下）

果たして、記憶喪失《そうしつ》という都合の良《よ》い言い訳は、殿下にどこまで通じるのだろう？

（いや、言い訳じゃないな。記憶がないのは事実だ）

アルティリエとしての記憶を失ったのは本当のことだ。それは、言い訳でも何でもない。

（どんな人なんだろう……）

王太子殿下のことは、ずっと気になっていた。だって、仮にも夫だし。

でも、誰に聞いても同じような評価しか返ってこない。評判はとても良かったけれど、それが逆に私の不安を煽《あお》った。そんな超人《ちようじん》みたいな人がいるわけないと思う。

「妃殿下は、何がそんなに不安なのですか？」

「全部」

「全部、とは？」

「この際、顔が良いとかそういう外見のことはどうでもいいとするわ。でも、誰に聞いても頭が良くて優しい方だって言うのよね。すばらしい方だって。それが逆に私には怖いの」

「なぜですか？」

「皆が皆、同じ印象を持つっていうのが、おかしいの。人それぞれ感じ方って違うものだから。それから、誰にでも優しいっていうことは誰にも優しくないのと同じだと思う。しかも殿下には、愛妾《あいしよう》なり側妃《そくひ》なりがいないんだよね？」

「はい。いらっしゃいません」

「それも問題だし、ちょっと不思議」

「王太子殿下は、妃はお一人でいいと常々おっしゃっており、これまでに幾つか申し入れられた公妾《こうしょう》の推挙《すいきょ》をお断りになっています」

リリアの声音は少し硬《かた》い。それの何が不満なのかと言いたげだ。

「男色《だんしょく》というわけじゃないのでしょう？」

あちらの世界の戦国時代のお殿様《とのさま》に少なからず男色経験があることを考えれば不思議じゃないと思って口にしただけなのに、リリアにものすごい目で睨《にら》まれた。

「ありえません！　……男色というのは、まったく存在しないとはいいませんけど、国教会により禁じられているのですよ！」

え、教会ってそういうの温床《おんしょう》な気がするけど。

「……ロリコンっていうわけじゃないんだよね？」

ちょっと怯《おび》えながら聞いた。ロリコンだったら、むしろ一番危険だよね、私。

いや、妃である以上、手を出されても文句《もんく》は言えないんだけど。

「絶対に、違います！」

リリアは顔色を変えて否定する。

とんでもないことを聞いたとばかりにリリアは胸の前で悪魔除《あくまよ》けの聖印を切った。

ダーディニアの国王は、四人の妃を娶《めと》ることができる。

第一王妃《おうひ》から第四王妃まで。かつては四大公爵家から一人ずつ妃を出していた名残《なごり》なのだが、近年は諸事情により、四正妃《せいひ》の座が全部埋《う》まる事はあまりない。

それでも、今の国王陛下は二人の王妃と二人の側妃と三人の公妾《こうしょう》をお持ちだ。

側妃であるお二人はそれぞれ入宮の時期と家柄《いえがら》からいえば第三王妃、第四王妃となってもおかしくないが、子供がいないので側妃のまま留め置かれた。

王妃と側妃では、宮の規模や使用人の数、その他の予算からしてまったく違う。どのくらい違うかリリアに聞いたら、単純計算で倍だって。勿論《もちろん》、生家の援助《えんじょ》もあるので表面上の生活ぶりからははかれないことではあるけれど。

王太子ならびに王子の地位を持つ者が、妃の地位を与《あた》えることができるのは一人だけだが、公妾を置くことに問題はない。特に王太子は、いずれ国王となった折に側妃にあげることもできるし、家柄が許せば第二王妃以下の地位を与えることも可能だ。なのに、ナディル殿下にはそういった女性が一人もいないという。

王太子妃たる私が幼すぎて、妃としての責務……平たく言ってしまえば、夜のあれやこれやの生活ができないのに、すごく困るのではないだろうか。

（二十七歳の健康な成人男子が！）

「別に、殿下の生活に色事が皆無《かいむ》というわけではございません」

一人課報部員《ちょうほう》みたいなリリアによれば、某侯爵《ぼうこうしゃく》未亡人《みぼうじん》やら、某男爵夫人《だんしゃくふじん》やら、あるいは花街《かがい》の高名な聖女……いわゆる高級娼婦《しょうふ》を言う……達なんかのあとくされのないお相手と、それなりに楽しんではいるらしい。

表向きは聖人君子のような王太子殿下だが、別に真面目一辺倒《いっぺんとう》の堅物《かたぶつ》というわけではないということがわかってちょっとほっとした。

「そうよね……あとくされのないお相手とは遊んでいるのよね。良かった。……ねえ、でも、だからといって別に私を特別に大事にしてたわけではないのでしょう?」

「はい。言葉を飾《かざ》らずに申し上げれば、これまでの王太子殿下は妃殿下に、エルゼヴェルトの相続人であるという以上の価値を認めてはいませんでした……私見ですが」

「だよね」

うんうん。納得。

「もちろん表面上はお優しかったですよ。妃殿下を気にかけ、誕生日の贈《おく》り物《もの》は欠かしたことがございませんでしたし、妃として大切に遇《ぐう》されていました……儀礼《ぎれい》の域からは一歩も出ることはありませんでしたが」

「そう」

だよね。そういうものだと思うよ、私も。

人形姫と呼ばれるほどに周囲を拒絶《きょぜつ》していたアルティリエに、今のところ例外がいた様子はない。そして、その聡明さを誰もが誉《ほ》めそやすような男が、そんな少女に特別な価値を認めるとも思えない。たとえ、それが定められた妻だったとしても。

でも、よくできた王子様は幼い少女を無駄《むだ》に傷つけるような真似《まね》はしなかった……立場をちゃんと慮《おもんぱか》ったとも言える。私の母のこともあるし、民《たみ》の評判のこともある。

何よりも、アルティリエは、彼にエルゼヴェルトをもたらす存在だ。

「でも、政略結婚ってそんなものじゃないのかしら？」

そう。これは立派な政略結婚なのだ。

ましてや十二歳と二十七歳。この年齢《ねんれい》差で恋愛というのもちょっと難しいと思う。

互いに思いやりをもって接し、互いの立場を守って生活できれば十分だろう。

「……なぁに？」

「いえ……本当に記憶がおありではないのですね」

半ば感心したようなリリアの声音《こわね》。

「どうして？」

リリアがなんでそんなことを言い出したのかわからなくて、私は首を傾《かし》げた。

「正直、記憶喪失と言われても、日常的には特に記憶がないようにはお見受けしなかったのです。何しろ、妃殿下は必要最低限を満たさぬほどまったく口を開かなかったですし、何をお考えかは誰にもわかりませんでした。お声を失っていたと思っていたあの時だって、声を出されないことについてはほとんど皆気にしていなかったのです」

必要最低限を満たさないって……すごい言われようだ。

リリアは、こんな風に私が話しているのがとても新鮮《しんせん》で……だからこそ記憶がないことが信じられるという。

普通、女の子はおしゃべりが大好きなものだが、アルティリエは自由時間に本を読んでいるか、勉強しているかのどちらかだったそうだ。

「ただ、長らく妃殿下の家庭教師を務めていらしたルハイエ教授とは、言葉少なにでしたが、意見交換《こうかん》などもなさってておりました。お年こそ離れてはおりましたが、教授とは一番近しかったと思います」

「その教授はどうなさったの？」

「残念ながら、妃殿下がこちらをご出立する前に風邪《かぜ》をこじらせてお亡《な》くなりに……お年を召した方でしたので……。家庭教師の後任はまだ決まっておりません」

リリアは悲痛な表情をする。

「残念だわ。……そういえば、私に乳母《うば》はいないの？」

母がいない以上、乳母が絶対にいたはず。

「妃殿下の乳母であられたマレーネ様は、私がこちらにあがりました年にお亡くなりになりました……暴漢に襲《おそ》われて」

「そう……なの……」

ここでも、アルティリエの周囲には危険と不幸の影が差す。

何ていうか……一言で言ってしまうと運が悪いのかもしれない。

「アリスは、マレーネ様の姪《めい》になるんですよ。マレーネ様のお子様は男ばかりでございましたので、アリスが代わりにこちらの宮にあがったんです」

「へえ……」

こんな風に話すのはリリアと二人の時だけだ。

急にベラベラ話し出すのもおかしいから、普段《ふだん》はなるべく昔のアルティリエっぽく振《ふ》舞《ま》うようにしている。これは真犯人に警戒《けいかい》させない為もある。

でも、最低限の礼儀《れいぎ》というか……お礼を言ったり、挨拶《あいさつ》くらいはするし、笑《え》みをこぼすこともある。

それだけで皆が驚く。ほんと、これまでの自分に涙が出る。

この一件が片付いたら自己改革をはかるから！　絶対に！

「妃殿下の侍女は入れ替わりが激しいんです……よく狙われる為、危険もありますから」

「そんなに狙われるの？　外にはあんまり出ないんでしょう？」

「はい。……宮にいれば安全ですよ。ここは後宮よりも警備が厳しいですから。でも、王太子妃であらせられる以上、まったく外出しないというわけではありませんから」

王太子妃には、絶対にしなければならない公務がある。

幼い頃は免除《めんじょ》されていたが、最近では少しずつ増えているんだそう。

「今は月に一回くらいでしょうか……そのたびに、問題が起こりますね」

だいたい事前に王太子殿下の兵に検挙されてますけど、三回に一回くらいは騒《さわ》ぎになっています、とリリアは苦笑《くしょう》する。

「騒ぎ？」

「はい。行列に火矢を射込《いこ》んで霍乱《かくらん》して妃殿下を攫《さら》おうとしたり……暴れ馬を乱入させて拉致《らち》しようとしたり……それでもまったく無表情でいらしたのには驚きました。重ねて失礼を申し上げるようですが、人形姫とはよく言ったものだと思っておりました」

「覚えてないから別にいいけど、それもすごいね……」

我が事ながら、逆に感心する。

ああ、でも……拉致とか誘拐《ゆうかい》なんだ。――殺すんじゃなくて。

その時と今では何が違うんだろう？

「……失礼ですが、妃殿下は、どのようなことなら覚えていらっしゃるのですか？」

「人の名前を聞くと、経歴がぱっと浮《う》かんできたりするの。でも、顔はあまり覚えていないからたぶん役には立たない」

視覚的な記憶というのは呼び起こすのが難しいものなのかもしれない。

リリアにナディル殿下の容姿を説明してもらったけれど、さっぱり思い浮かばなかった。

「お作法などは大丈夫《だいじょうぶ》でしたのに」

「習慣的な動作とかは忘れないものなのだと思うの。頭では忘れても身体では覚えているから、なぞれば思い出すんだと思う」

「……妃殿下、挨拶の順番だけは、くれぐれも間違えないで下さいね」

基本的に挨拶は、下位の者から先に口を開く。

そして、挨拶の後に話し掛けるのは上位の者からが基本。挨拶のあと、自分が先に口を開くのは礼儀に反するらしい。

まあ、それほど厳密なものでもないのだが、儀礼が必要な場では重要になる。

（エルゼヴェルトの城で公爵が挨拶しかしなかったのは、そのせいか……）

誤解していたことをちょっと反省した。

私はリリアに、必要な時はいつでも自分から口を開いて良いと言ってある。

面倒《めんどう》なことだけど、階級社会というのはそういうもので、頂点に近い私がそれを破るわけにはいかない。

この国で私より位が上なのは、国王陛下、第一王妃殿下、王太子殿下のみ。

王太子殿下以外の第一王妃所生《しょせい》の御子と第二王妃殿下とその所生の御子は、王太子妃である私より身分が下だ。側妃や公妾は言うに及《およ》ばず。

「気をつけます」

私は真面目な顔でうなづく。

リリアはちょっと目を見張って、それから笑った。笑うとリリアは年相応に見える。いつもは、実年齢よりも五、六歳年上っぽい。

「なあに」

「いえ、嬉《うれ》しかったのですわ」

「……私？」

「はい。……これを言うのは、不敬にあたるのかもしれませんが……。もし、記憶がないせいで今の妃殿下になられたというのなら、ずっと記憶がないままでもかまわないと思うくらいです」

そう思ってくれるのは嬉しかった。

それは、今の私でいいってことだから。

記憶のすべてが戻るかは怪《あや》しい……でも、もし戻ったとしても、私はもう人形姫には戻れないし、戻るつもりもない。

「妃殿下のご記憶に混乱があることは、それとなく宮中に噂を流してございますから、今後多少おかしな行動をとったところでたいした問題にはならないと思います」

「ありがとう、リリア」

すごいよ、リリア。手回し良すぎ。

リリアが味方になってくれたことで私の自由度は格段に広がった。そして、得られる情報量も桁違《けたちが》いになった。ここまでだとは思わなかった。

(リリアに私のことを話すのは、賭《か》けみたいなものだった)

本音を言えば、リリアの全部を信じるのはまだ恐《こわ》い。

女官《にょかん》というには、リリアは知りすぎているような気がするから。

(でも……)

信じると決めた。

ならば、あとは私の決意一つ、気持ち一つでしかない。

「……そろそろ参りましょうか」

「もう、時間?」

あんなに早起きしたのに。

「はい。やや早めの方が遅れるよりいいです」

「そうね」

ゆっくりと立ち上がる。勢いよく立ったり座ったりする所作《しょさ》はNGだ。リリアと話していて緊張はほぐれたと思ったのに、手が小さく震《ふる》えていた。

自分に言い聞かせる。

リリアがいてくれる。それから、私に剣《けん》を捧《ささ》げてくれたシュターゼン伯爵《はくしゃく》や護衛騎士《きし》達がいる。

私はこの世界で一人ぼっちじゃない。

だから、自信を持って足を踏《ふ》み出した。

（……大丈夫）


王家の私的な居間だと言われて案内された場所は、天井が高くてかなり広いホールだった。これを見たら、どこが私的だと二十一世紀の現代人は突っ込むだろう。ちょとしたミニコンサートができそうな広さがある。

そこに国王陛下をはじめとする王室一家が揃っていた。私を除いて。

いつもなら、私は王太子殿下の隣《となり》に立つ。でも今日は、玉座の正面。一段下がった場所から王都帰還のご挨拶をする。

（こ、こわい、コワイ、恐い……。何でこんなににらまれているの……）

入室した瞬間《しゅんかん》に、強い視線が突《つ》き刺《さ》さった。

注目されることは別に気にならない。でも、この視線はそういう類《たぐい》のものじゃない。

一歩入った瞬間に、それまでのドキドキが凍《こお》り付《つ》いた。

視線で人が殺せるなら死んでいるんじゃないか？　私。

視線の源《みなもと》は、国王陛下の右に立つ……王家の銀と冬の空を凍らせたようなと言われる蒼銀《そうぎん》の色彩《しきさい》を持った青年だ。たぶん、いやきっと、彼が私の夫であるナディル王太子殿下に違いない。

なまじ顔が綺麗《きれい》なだけに、その眼差《まなざ》しの冷ややかさがいっそう際立《きわだ》つ。

（……な、何かしたっけ？　怒《おこ》ってるよね？　いや、でも私、何もしてないよね？　しょっぱなからこの敵意って何なの？　アルティリエとは儀礼以上のものはなかったたってリリアも言っていたのに!!）

とりあえず、意識しないようにしよう。恐い、恐すぎる。

絶対零度《れいど》の風が、彼の立つ場所から吹き付けてきている。

（誰にでも分け隔《へだ》てなくお優しい王太子殿下はどこに行ったの？？？）

「アルティリエ・ルティアーヌ＝ディア＝ディス＝エルゼヴェルト＝ダーディエ、ただいま帰還いたしました」

両手を胸の前で交差させ、軽く膝を折って右足の爪先《つまさき》を後ろにつく。女性王族が国王陛下に敬意を示す礼だ。

天井が高いせいで、消え入りそうな声。人によっては可愛《かわい》いというかもしれないが、いかんせん聞き取りにくい。腹筋をもっと鍛《きた》える必要がありそうだ。

「ティーエ、よく帰ったね」

国王陛下……グラディス四世陛下がにこやかな笑みを浮かべる。

青白い肌《はだ》の色、王家の銀髪《ぎんぱつ》にアッシュグレイの瞳《ひとみ》を持つ、どこか神経質そうな人。

若く見えるが、年齢はこれで五十三歳だ。四十を過ぎてから即位《そくい》をしたこの方は、年の離れた異母妹《いもうと》の最期に最も心を痛めた。だからこそ、その遺児《いじ》である私を気にかける。

彼こそが王太子妃アルティリエの最大の、そして、最高の後ろ盾《うしろだて》。

実質的な政治的権力を持つのは王太子殿下であっても、玉座の主は陛下ただ御一人だ。

「ありがとうございます」

礼を述べ、俯《うつむ》くように顔を伏《ふ》せる。これは、リリアに指導されたアルティリエの癖《くせ》だ。

俯いた陰で、こっそり周囲を見回した。

陛下の左に寄《よ》り添《そ》う大柄《おおがら》な黒髪《くろかみ》の美女が、第一王妃ユーリア殿下。その隣のがっちりとした熊《くま》みたいな髭《ひげ》の大男がたぶん第二王子のアルフレート殿下。

一段下に立つのが、第二王妃のアルジェナ殿下、彼女の横で手をつないで立つ母親譲《ゆず》りの赤毛の双子《ふたご》の少年少女が第四王子エオル殿下と第二王女ナディア殿下。

(側妃のお二人は来ていないのか)

「侍女のことは不幸な出来事だった。だが、もう忘れなさい。そなたに剣を捧げた者を護衛の中核《ちゆうかく》に据《す》え、警備の増員も図《はか》る。王宮にいれば絶対に安全だ」

「……はい」

そう言われても忘れられるはずがない。でも、この場ではうなづいておく。

陛下も満足そうにうなづいた。

この方は私に優しい。彼はその絶対権力で私を庇護《ひご》している。

でも、それはアルティリエの為ではない。既に亡《な》いエフィニア……私の母の為だ。

彼は、私を見ていない。

目の前で相対しているから、よくわかる。

「ティーエ、恐《おそ》ろしい目に遭《あ》ったそうですね。もう大丈夫なのですか？」

ユーリア王妃の温かな言葉。

王太子ナディル殿下をはじめとする三人の王子とグラーシェス公爵家に降嫁《こうか》したアリエノール姫を産んだ美貌《びぼう》の王妃。

既に五十に手が届こうかという年齢であるのに、この方はまるでそれを感じさせない。

三十代だと言われても信じられる。

「ありがとうございます。大丈夫、です」

小さくうなづく。

慈愛《じあい》の微笑《ほほえ》み……神経質で癇癪《かんしやく》もちのグラディス四世陛下を支え、それをカバーし、国政にも並々ならぬ影響力《えいきようりよく》をもつ王妃の最も美しい表情。

でも……何か怖いのだ。綺麗すぎるからだろうか。

美しく、優しく、慈悲深《じひぶか》い……国母として民に敬愛されている第一王妃殿下。

ある意味、王太子殿下はこの方によく似ている。


そして……彼が、私を見た。


その視線が既に圧力であるほどの、存在感。

次の王となる者……ナディル・エセルバート＝ディア＝ディール＝ヴェラ＝ダーディエ。

ダーディエの血が産んだ稀代《きだい》の天才と呼ばれる青年。

彼は、静かに口を開いた。

「おかえり、ティーエ」

甘《あま》い甘い声音。背筋がゾワリとした。

彼に魅了《みりよう》されたからじゃない。ただ、純粋《じゆんすい》にこわい。

(だって、おかしいよ)

さっきまで、彼は確実に怒っていたはずだ。

明らかな怒《いか》りの気配がしていた。色で表現するならわずかに青みを帯びた白。

知ってる？　炎《ほのお》は白に近いほど高温なの。それだけの激しい怒りを感じた。

なのに、その気配がさっと消え去り、その欠片《かけら》も見せずに彼は笑っている。

切《き》り替《か》えの早さ……あるいは、その完璧なまでの外面が恐ろしい。

「ただいま帰りました、殿下」

私は、裾《すそ》がほんの少し持ち上がるようにスカートをつまみ、軽く膝を折って頭を下げた。

身体にしみついたスムーズな礼儀作法。誰の目にも優雅《ゆうが》に、美しく見える一連の動作。

「いろいろあったようだが無事で何よりだ。連絡《れんらく》が滞《とどこお》っていたので、こちらは多少やきもきしていたがね」

（……あ）

「申し訳ございません」

アルティリエらしく、顔には出さないようにして応える。

言葉は少なく、なるべく口調は平坦《へいたん》に。

でも、心の中には申し訳なさが渦巻《うずま》いた。連絡が滞っていた心当たりが、ものすごーくあるからだ。少なくとも、私からは彼に連絡をとる努力をまったくしていない。

誰がどのように報告していたかはわからないが、私の事故の後、いろいろなことが矢継《やつ》ぎ早《ばや》にあり、毒殺未遂《みすい》などの切れ切れの、それでいて曖昧《あいまい》な報告しか届いていなかったとすると、さぞやきもきしただろう。

（もしかして、怒っていたのってそれなのかな？）

あれ？　でもそれ、私が悪いんだろうか？　私はたぶん被害者《ひがいしゃ》だと思うんだけど。

でも、心の中には申し訳なさが宿るし、素直《すなお》に謝罪の気持ちが浮かぶ。

（ごめんなさい）

名ばかりとはいえ、妻なのだ。心配させてしまったのかもしれない。

「まあ、意識のなかった君を責めるわけにはいかないし……記憶に混乱があると聞いたけれど、もう大丈夫なのかな？」

浮かべられる笑み……母王妃によく似た慈愛の微笑み。

でも、空っぽだ。王妃殿下と違うのは、彼がそれを自覚していることだろう。

（……いや、やっぱり、私に情とか、あんまりなさそうだ……）

ごめん。即《そく》、否定。

だって、笑みを浮かべているのに、目が……視線がすごく冷ややかで怖い。

心配とかそういう甘い感情は、この人にはないのかもしれない。よく知っているわけじゃないけど、そう思う。ものすごく、ひしひしと現在進行形で。

「覚えていないことはたくさんありますが……」

「が？」

「……問題ありません」

私のその解答に、彼は興味を失ったような表情をちらりと見せた。

それがこの時私の見た、唯一《ゆいいつ》の彼の素の表情だったかもしれない。

「そう。ならば良かった」

それはほんの一瞬《いっしゅん》のこと。

彼は、すぐに柔《やわ》らかな笑みを面《おもて》に貼《は》り付《つ》ける。

「……それだけかい？」

陛下がどこか不満げな表情をする。

いやいやいや、それだけでいいから。これ以上何かしゃべって、藪《やぶ》をつついてヘビを出すような真似はしたくないです。

「この後、二人きりでティータイムを共に過ごそうと思っております」

後はその時に、と彼は笑う。

何も知らなければ……感じなければ、きっと、うっとり見惚《みと》れることができただろう。

でも、私は、気付いてしまったから無理。怖いだけだ。

(い、いらないから。もうこれだけでいいから！)

思いっきり拒否《きよひ》したかった。無表情と言われていたアルティリエお得意の人形ぶりっこをしていなければ、ぶんぶんと首を大きく横に振《ふ》っていたに違いない。

「それは良い」

「ええ。ここのところゆっくり話す機会もありませんでしたし……」

「ああ、そうだ。ティーエもいつまでも子供じゃない。これからは、ちゃんと二人で過ごす時間をとるようにしなさい」

「はい」

殿下は綺麗に笑う。

陛下のやさしさがありがた迷惑《めいわく》だと言ったらバチがあたるだろうか……緊張のあまり、膝が震えてしまいそうだ。

正直に言います。

……すっごく、苦手なタイプ。ああいうサドっけありそうな、バリバリ腹芸得意な、腹黒っぽい人は思いっきりダメ。できることなら近寄りたくない。

お願いだから、誰か助けてほしい。脳裏《のうり》に浮かぶのは、リリアとシュターゼン伯爵。今の私が信じられる二人だったけれど、残念ながらこの場にはいない。

（あれが、私の夫だなんて……）

アレ呼ばわりしてすいません。でも、彼が笑えば笑うほど、恐怖《きょうふ》を感じずにはいられない。……ユーリア王妃に感じたのより、もっと怖いのだ。

非の打ち所のない王太子殿下……二重人格だっていう推察は、もはや確信に近い。

なんでよりによって、夫が一番苦手なタイプなんだろう。思わず、自分の運の悪さを呪《のろ》いたくなる。

嫌いと言わないのは、嫌いと言えるほど、彼を知らないからだ。

美貌を謳《うた》われるほどのハンサムな夫なんていらない！

稀代の天才なんて呼ばれている夫なんていらない！

特別なものなんて何もいらない。普通でいい……むしろ、普通の人がいい。こんなどこもかしこも……ついでに厄介《やっかい》さも特別製みたいな夫はいらないから！

「陛下、ティーエの帰還の挨拶ももう良いでしょう。僕達は先に失礼しますよ」

いや、いいです。私はここにいたいです。

なのに、つかつかとこちらに歩み寄って来た王太子殿下は、凍りついている私の目の前に立つ。

（…………？）

ふっと鼻先を掠《かす》める甘さと苦さ。

摑めそうで摑めない何か……浮かび上がるぼんやりとした記憶……自分が、何か大事なことを思い出そうとしていると思った。

それが、もう少しで形になると……あと少しではっきりと摑めると思った瞬間だった。

（……え……？）

視界がぐらりと揺《ゆ》れる。

一瞬、何が起こったのかわからなかった。

（えええええっ！！！！）

王太子殿下が、私を抱き上げたのだ。

お姫様抱っこではなく、小さな子供を抱《かか》えるように。

国王陛下とユーリア王妃殿下が、満足そうな眼差しで私達を見ている。

第二王妃殿下はあまり興味がなさそうで、退屈《たいくつ》を感じていることを隠《かく》していない。それから、双子の王女の方には思いっきり睨まれていた。

（え、これ嫉妬《しっと》？　嫉妬なの？）

双子の王子のほうはおろおろして私と王女を見比べ、そして……王太子殿下の実弟《じってい》であるアルフレート殿下は、生ぬる～い眼差しで私を見ていた。なんかこう……ご愁傷様《しゅうしょうさま》、とか、そういう感じで。

私はただ、王太子殿下の腕の中で凍り付いていた。

ヘビに睨まれたカエルの気分だった。

王太子宮は、王宮の西の一角を占《し》める。ゆえに、王太子宮を西宮《にしのみや》と称《しょう》し、転じてそれが王太子の異称《いしょう》ともなっている。ダーディニアでは、西宮とか、西宮の方といったら王太子殿下をさすのだ。

当たり前のことだけど、王太子妃宮は王太子宮と接しているので同じく西側にある。

私のために作られた一角なので建物が新しく、内装などもとても現代的だ。装飾《そうしょく》過多とも思える他の宮と違い、曲線を優雅に配したシンプルモダンなインテリアはすっきりとしている。主《あるじ》が幼い少女であるため、宮のそこここに花柄《はながら》や淡《あわ》い色調の美しい色彩が溢《あふ》れていて、石造りの建物にありがちな重苦しさはない。

(おーろーしーてー)

殿下は私を抱き上げたまま、自分の宮へと足を向ける。

隣接《りんせつ》する王太子宮は、私の宮と同じように装飾が少ない。こちらは元々旧統一帝國《ていこく》時代の建物を利用しているが、その時代特有の過度な装飾をだいぶ取《と》り払《はら》っているのだろう。歴史ある建物らしい重厚《じゅうこう》な空気を漂《ただよ》わせながらも重苦しくはない。

実用美を重んじる調度類はきっちり磨《みが》き上げられていて飴色《あめいろ》に光り、さまざまな色合いの青を基調としたインテリアの中に、アクセントとして金や銀が配されている。何となくナディル殿下の好みが透《す》けて見えた。

(殿下にはお似合いだけど、何かこう、寒いよね!)

私は、美しくセッティングされたテーブルの前の椅子《いす》におろされる。

窓の外は今にも雪が降り出しそうな曇《くも》り空《ぞら》だけど、暖炉《だんろ》にいれられた火はほどよい感じで部屋を暖めていた。テーブルの上にはお茶のしたくがしてあり、カップからは湯気が立ち上っている。室内は決して寒くない……たぶん。

カーテンとか絨毯《じゅうたん》とかが、寒色ばかりだから寒々しく感じるのかな……もうちょっと、柔らかい色を混ぜればいいのに、なんて、つい、思考が関係ない方向に流れていく。

だって、怖いんだもん。

本当はわかってる。この寒さの原因が目の前の王太子殿下だってことは！

でも、ちょっとくらい現実逃避《とうひ》させてほしい。何たって今の私は、巣穴に運ばれてしまった獲物《えもの》、あるいはドナドナされた仔牛《こうし》状態なんだから。


挨拶の席から拉致されてのティータイムは、異様な沈黙《ちんもく》の中にあった。

本当に静かなの。時々、侍女がお茶を替えてくれたりする際の、小さな衣《きぬ》ずれの音や紅茶を注ぐ音くらいしかしない。

ここにはいない人も含めて、西宮中の人々が息を潜《ひそ》めてこの静寂《せいじゃく》を守ってるみたいだ。

勿論、私から口を開けるはずもないし……そもそも何を言っていいかもわからない。

(私は、この人を知らない)

名前は知っている。夫であるということも知っている。他者の目から見た彼とかつての私についても知っている。

(でも、私は覚えていない)

目の前の王太子殿下は、強引《ごういん》に私を拉致して来たわりには自分の思考に没頭《ぼっとう》しているようで、無言のまま窓の外に視線を向けていた。

したがって、双方《そうほう》無言でただお茶を飲んでいる状態がしばらく続いている。

……今淹《い》れてもらってるこれ、三杯目ね。

王太子殿下付きの侍女はこの沈黙をまったく気にしていない様子だ。もしかしたら、慣れているのかもしれない。

私はかなり居心地悪くて、どうしていいかわからないのに。

これって、お説教より効《き》くかもしれない。ずっと黙ってるのって案外難しい。

あんまりよく知らない人と同じシフトで仕事する時、つい沈黙に耐《た》え切れなくて無駄なことおしゃべりしちゃったり……それで、余計な事言って失敗したこともあるんだけれど、そういう時の感じに似てる。

「……あ」

新しいお茶を口にして気付いた。さっきと茶葉が変わっている。

これ、最初のとはクオリティがまったく違う。

赤みが強い琥珀色《こはくいろ》……口に含むとふわりと爽《さわ》やかな香《かお》りが広がる。

「サギヤの初摘《はつづ》みだよ」

殿下が口を開く。それは、驚くほど静かな声音だった。

顔をあげると、私に向けられた瞳は思っていたよりもずっと穏《おだ》やかだった。そこには、怒りも苛立《いらだ》ちもなくて、何か未知のものを見るように軽く見開かれていた。

「……サギヤ？」

「私の領地の一つだ」

どうやら、サギヤという地域でとれたファーストフラッシュということらしい。ダージリンにも似てクセがなく飲みやすい。

「……ミルクをやめたのだね」

問うこともなしに王太子殿下が問うた。

「はい」

こくりとうなづく。

前は、紅茶にたっぷりのミルクと砂糖をスプーン二杯。あるいは、たっぷりのミルクで煮《に》出《だ》して蜂蜜《はちみつ》を入れていた……らしい。

でも、今の私の好みはストレート。こんな良い葉はそのままの味を楽しまなきゃもったいないと思う！

（こんなに香《かお》り高い葉だったら、パウンドケーキに使ったら美味《おい》しいだろうな……あ、ク

ッキーでもいい)

無言のまま王太子殿下の侍女が、私の目の前に焼きたてのパイを置いた。

(何のパイかな?)

フォークをいれた時のさくっという音にワクワクしたけど、口に入れてがっかりした。好物のアップルパイだったけど、蜂蜜で煮《に》たリンゴがちょっと失敗してるのだ。

……シナモン入れれば良いのに。あと、煮過ぎ。実がドロドロだ。ピューレ状に煮詰めてしまうより、形を残そうよ。それから、檸檬《れもん》入れないから色が変色してるんだよ。

ごめん……細かくて。でも、王宮の菓子《かし》職人なんて、プロ中のプロのはずなのにすごく残念なんだもん。プロっていうのは、近所の奥さんにはできない技《わざ》、できない味を提供するからプロなんだよ。これはかなり残念すぎる。

私のこのアップルパイの評価は五十点だ。どうやら、エルゼヴェルトのお城の菓子職人みたいな名人はそうそういるものじゃないらしい。

(まあ、えらそうなこと言っても、私がここでプロとして通用するかはわからないけど)

菓子職人としての知識だけならかなりのものだ。これまで接してきた情報量が違うし、系統立てて学んでいる強みもあるから。

腕にもそこそこ覚えがあるし、舌にはかなり自信がある。

でも、私が向こうと同じように作れるかといえば……かなり難しいと思う。

こちらとあちらとの決定的な違い……それは、調理器具の違いだ。

例えば、あちらのように百八十度で十五分間、ムラなく焼き上げられるオーブンなんてこちらにはない。話に聞いた感じ、基本、直火《じかび》だから。

ストーブやオーブンはあるけれど、薪《まき》や炭が燃料なわけで……その火を私がまともに使えるようになるにはそれなりの修練が必要だろう。

だから、シフォンケーキとかスポンジケーキの類は一朝一夕《いっちょういっせき》には難しいと思う。タルトだってどこまで焼けるか……。

とはいえ、まったく何も出来ないわけじゃない。

（んー、こっちで作れるとしたら、ホットケーキとかドーナッツとかだろうな……あと、クッキーやビスケット……）

繊細《せんさい》な温度コントロールをそれほど必要としない……あるいは、こちらの器具でも何とかなりそうなお菓子類。最初は無理かもしれないけど、こちらのオーブンの火加減のコツさえつかめれば何とかなりそう。

（ああ……でも、プリンとかは結構大丈夫かも。あとは、チョコとかは湯煎《ゆせん》だからいけるか……温度計るものってあるのかな？　……いや、待って。もしかしたら、チョコレート自体が存在しないかも……）

こちらでは、チョコレート食べてないよ、そういえば。

ちょっと愕然《がくぜん》とした。チョコ、好きなのに。

いつもバッグに必ず板チョコを一枚入れてるくらい好きだったのに。

エルゼヴェルトのお城の職人さんが作ってくれたいろんなお菓子の中にもチョコはもちろんのこと、チョコを使ったものやチョコレート味のものはなかった。

（ものすごい貴重品だったとしても、王太子妃である私が口にできないってことはないと思うから、まだチョコはないのかもしれない）

そう結論づけたら、ひどく気持ちがしょんぼりとした。こうして異世界に来たことを強く感じるたびに、ホームシックのような切なさを覚える。

チョコでそれを感じるのがちょっとどうかと思うけど、何となく自分らしい気もする。

うん。別なこと考えて気を取り直そう。

（……料理なら結構いけそうだよね。カレーとかおでんとか作ったら喜ばれそうだし……ポトフも似たような料理があったから、たぶんいける。あとはシチュー類だよね。デミグラスソースの作り方とか教えてあげたい）

この間の雉汁《きじじる》でちょっと自信がついたせいもあるけれど、料理は直火でも何とかなりそうだ。何も繊細《せんさい》極まりない懐石《かいせき》料理をつくるっていうんじゃなし、煮込み料理やスープだったら、下拵《したごしら》えさえ手を抜かなければ大丈夫。

基本のブイヨンはわりと万能《ばんのう》だし、出汁《だし》をひければ料理はだいたい何とかなる。それはこちらでも同じだろう。

(スパイスもかなりあるし)

「……口にあわなかったのか?」

いつの間にか、ナディル殿下が私を見ていた。アップルパイのことを聞かれて、そのまま「はい」とうなづいてしまっていいものか迷う。職人さんが罰《ばつ》を受けたりしたら困るし。

でも、その躊躇《ためら》いが充分《じゅうぶん》な回答になってしまったらしい。

「精進《しょうじん》させよう」

ごめんなさい、この宮の菓子職人さん。がんばって勉強してください。

(あれ……?)

そこで、不思議なことに気付いた。

いつのまにか、目の前の殿下を恐いとか思わないで普通にしていられる。あの報告の場での、ぞわっとするような恐怖を感じない。居心地《いごこち》がよくないのは、変わらないけれど。

顔をあげ、殿下の蒼い瞳をまっすぐ見る。奥底《おくそこ》に揺らめく銀色……強い意志の光は、私を射抜《いぬ》くかのように鋭《するど》い。

「何か?」

ふるふると首を横に振った。

侍女達が綺麗に作ってくれた縦巻きロールが揺れる。今日は何本かの小さな縦巻きロールをツインテールにしてドレスと共布《ともぬの》のリボンで留めていた。

「私の記憶にある限り、君が自分から私と目を合わせたのは初めてだね」

「…………………」

それは、何て言っていいか……。

えーと、謝った方がいい？　でも、何か違うよね。

思わず視線が泳いだ。

「しばらく見ない間に、随分《ずいぶん》と人間らしくなったものだ」

この程度で、そこまで言われるんだ。

「話には聞いていたが、自分の目で見るまで信じられなかったがね」

なるほど、みんながあれくらいでびっくりするわけだ。いろいろ合点《がてん》がいった。

それから、マジマジと目の前のナディル殿下の顔を見た。これといった表情はなかったけれど、その瞳には軽い苛立《いらだ》ちの色がある。

（……これが、この人の素なのかな……）

さっきもちょっとだけそんな気がしたけど、自分の宮にいるせいでリラックスしているのかもしれない。

何気にちくちく嫌味《いやみ》を言われているように感じるけれど、あの、いかにも何か企《たくら》んでます的な笑顔を向けられることに比べれば全然平気。

（きっと、アルティリエはあなたが恐かったんだと思うよ）

絶対に告げられない言葉を心の中で呟《つぶや》く。

会話のたびにこんなふうに冷ややかにさりげなく嫌味を織り交ぜられていたら、普通の子だったらきっと苦手になっていただろう。

あのね、子供って案外聡《さと》いんだよ。確かに王太子殿下の笑顔はよくデキてるけど……でも、私が怖いとか気持ち悪いとか思ったように、気付く子はいると思う。

きっと、アルティリエもそうだったんじゃないかな。確かめようがないけど。

「私は子供は苦手だし、好かれる方ではない自覚もある。だが、君は私の妃だ。私と過ごすことに慣れてもらわなければ困る」

王太子殿下は、いっそ冷ややかに聞こえる口調で言う。

眼差しは絶対零度の氷の刃《やいば》。

これ、ちょっと気の弱い人が言われたら、胸が痛くなるかも。あるいは、その場で土下座して謝りたくなるかもしれない。

うん。顔が綺麗なだけに凶悪《きようあく》だ――――でも。

（まさか、この人、これで一応、歩み寄ってるつもりなんだろうか）

「聞いているのか？　アルティリエ」

再び苛立ちが混じる。

威圧《いあつ》してますよね……それ。

もし、アルティリエに対してこういう態度が普通だったのなら、ただの十二歳の女の子はさぞ恐ろしかっただろう。

「……怒らないで下さい」

「怒っていない」

「怒っているように聞こえます」

「怒らせているのは、君だ」

「……怒ってないいって言ったのに」

嘘《うそ》つき！　と思いながら、やや上目遣《うわめづか》いに殿下を見る。

抗議《こうぎ》の眼差しのつもりだった。

……あれ？

殿下は押し黙ったままだ。

……ねえ、もしかして、耳、赤くない？

「普通にお話して下さい。大きな声やきつい口調で言われたら、何も言えなくなります」

殿下の態度にちょっとだけ勇気がわいたので、そう言ってみた。

「これが私の普通だ」

速攻《そっこう》で返される。

「……じゃあ、頑張って慣れるようにします」

ここは私から歩み寄るところだろう。

（そうすればきっと、苦手意識も薄《うす》まるに違いない）

「……………………」

殿下が、不思議そうに私を見ていた。

まるで、初めて私を見たかのような表情をしている。

私は、首を傾げた。

「……いや、私も、気をつけよう」

（殿下が折れた？　……すごいぞ、私。なんか、このオレ様何様王子様っぽい人から譲《じょう》歩《ほ》を引き出したかも）

王太子殿下、もしかして意外に素直なのかな？

ごめんなさい、ちょっと偏見《へんけん》持ちすぎてたかも。


その後は、どちらも口を開くことがなかった。言葉を交《か》わさなくとも、一緒にいられたから。

最初の頃のような居心地の悪さはなく……二人でぼんやりと庭を眺《なが》めるだけ。

冬咲《ふゆざ》きの白薔薇《しろばら》が綺麗だと思って殿下のほうを見ると、殿下も私を見ていた。そして、私の視線に、殿下が小さくうなづく。

同じものを見て、同じことを思ったのだとわかった。

それが何となく嬉しくて、無言も気にならなかった。

紅茶を五杯も飲んでしまったためお昼を食べられなくなり、リリアにはものすごく怒られた。でも言葉がない分、どうしても飲んだり食べたりしてしまうのは仕方がないと思うの。反省はしているけれど、改められるかはちょっとわからない。

翌朝のモーニング・ティーは、サギヤの初摘みのストレート。

王太子殿下からの贈り物です、とアリスが得意げに教えてくれた。


「よし」

その日、私は朝から気合が入っていた。

家捜《やさが》しをすることにしたのだ。家捜しというか……自分の部屋の捜索《そうさく》。

とりあえず、身の回りから調べよう！　みたいな。

なんでかというと、リリアいわく、アルティリエは日記をつけていたそうだ。日記って失《な》くした記憶を思い出すのに、すごく役立ちそうじゃない？　それに、アルティリエが何を見て、何を考えていたかを理解する助けになるに違いない！

でも、目につくところにはなかったの。

ライティングデスクの本棚《ほんだな》やひきだし……鏡台やベッドサイドの小箪笥《こだんす》とかにも。

アルティリエが何かを隠すとしたら、基本は、この三つだと思ったの。他の場所は頻繁《ひんぱん》に侍女達の手が入るから。

お姫様にはプライバシーってないんだよ。

「どうしたんですか？　そのような格好で」

今日の私は簡素なエプロンドレス姿。不思議の国のアリスをイメージしてくれればいい。

もちろん一人で着替えました。探せばあるんだよ、こういうシンプルな服も。

いつもよりレースとフリルが七割減ですっきりしてて動きやすい。でも、豪華《ごうか》なレースとか本物の宝石縫《ぬ》い付《つ》けてあったりする服は身分の高さと権威《けんい》の象徴《しょうちょう》でもあるから、簡素すぎるとこうして不思議に思われる。

「ちょっと書斎《しょさい》を片付けようと思って」

大掃除《おおそうじ》のつもりだからいいよね。これでも。

最初に私が探し始めたのは、ベッドまわり。私自身が、よくベッドの下にいろいろ隠していたから。

でも、豪華なお姫様ベッドの下には何もなかったの。よく考えれば、毎日のようにシーツとか替えられているし、掃除もされているから隠すには不向きだった。

次に目星をつけたのは書斎だ。

書斎といっても、ちょっとしたミニ図書館並みの蔵書を誇《ほこ》る。

アルティリエが最も多く時間を過ごした場所であり、唯一自分の意志を反映させていた場所。リリアが覚えている限り、ほとんど何かを欲しいと望んだことがない私が珍しく希望を口にしたのが、『本』なのだという。

本棚を見れば、その人のことが結構わかる。……あちらで私の住んでいた部屋の本棚は、フランス語の辞書と料理関係の洋書と自分がちょっとだけ監修《かんしゅう》に携《たずさ》わったお菓子本と……仕事に関する本ばっかりだったと思う。

時々買ってたのは旅行雑誌で、好きな小説の類は全部図書館で借りていた。最近の図書館は曜日によるけれど、夜もやっていたりして便利だった。

（そういえば、誰が麻耶《まや》の荷物の処分とかしてくれたんだろう？　……ああ、そもそも葬式《そうしき》どうしたんだろう？）

両親は既に亡く、兄弟姉妹《きょうだいしまい》もいない。かけおち結婚した両親なので、親族らしい親族もいなかった。結婚を考えるほどつきあいの深い人もいなかったし、仲の良い友人や仕事関係の知人達はいたけれど……そんなところまではちょっと頼《たの》めないというか、申し訳ない。

（もし、と考えるなら、匂坂先輩夫婦《こうさかせんぱいふうふ》かな……あ、でも、こういうのって会社がやってくれたりするのかな？）

よく考えると天涯孤独《てんがいこどく》みたいな身の上なんだから、もうちょっと考えておくべきだった。遺言《ゆいごん》残すなり何なりして。

こんなことになるとは思わなかったからな。

親しくしていた人達の顔が思い浮かぶ……もう会えない人達。

それから、好きだった二つの職場とオーブンが自慢《じまん》の自宅の台所を思い出し、北海道《ほっかいどう》の……生まれ育った家を思い出した。

……もう帰れない場所だ。

ずっと、現状を把握《はあく》しよう、ここに慣れようと思ってて、あちらのことをゆっくり思い出す暇《ひま》もなかったけど、なんか……ちょっと気持ちが翳《かげ》った。

「どうかされましたか？　妃殿下」

「ううん……綺麗に整理されているのね、ここ」

リリアの声に気を取り直す。

「妃殿下は汚《よご》したり、散らかしたりということをしませんでしたので」

この書斎の本は、ジャンルで分類されている。いろいろな大きさの本があるから雑然としているようにも見えるけど、きちんと整理がされていた。

ちゃんと蔵書簿《ぞうしょぼ》があるの。アルティリエが自分で作っていたんだって……半分以上、読んだ本なんだよ。

「自画自賛になるかもしれないけど、これだけ読むのって凄《すご》いよね」

「勿論です。でも、妃殿下はそれを隠しておられました」

「え？　どうして」

「妃殿下に求められている学問レベルをはるかに上回っていますから……教養レベルじゃないんです。特にあのあたりですね」

リリアは裏側の奥の棚《たな》をさす。

「教養レベルじゃないってどういうこと？」

「大学の学生達が読むような本なんです」

「…………私、そんなに頭良いの？」

「はい。教授は、将来大学の入学を考えるよう薦《すす》めてらっしゃいました。このまま学習すれば入学も卒業もまったく問題ないと」

「ごめん、たぶん、もう今は無理」

知識はどこかに眠っているんだろうけど、試験なんて無理だろう。それに、私が十年以上前に卒業した大学は、家政科だから！　政治も経済も法律もまったく無縁《むえん》だよ！

「大丈夫ですよ。妃殿下がそこまで勉強していたことをご存知だったのは、教授だけです。他は誰もご存知ありません」

「王太子殿下も？」

「殿下がこちらの書斎に入ったことはございませんし……教授も内緒《ないしょ》にしておいて下さるとおっしゃっておりました」

「でも、本を買った記録とか……」

あの王太子殿下なら絶対に見てるよ、そういうものも。

「あそこらへんの本の大半は、妃殿下ご自身が写本したものですから……」

「……写本ってことは原本があるんでしょう？」

だったら、そこからバレるんじゃないかな。

「原本は教授からお借りしておりました……これも、教授は殿下にご報告はしていないはずです」

「なぜ？」

「妃殿下がそこまでの学問を究《きわ》められるのは、望ましくないからです」

「……誰にとって？」

「ほとんどの皆にとって」

その言葉にはいろいろな含みがある。

まあね、こちらでの女性の役目はまず第一に子供を産むことだもんね。身分の高い家に生まれたならなおの事。

血をつなぐこと……ひいては、家を守ること。それが最大の役割。

男性にとって、我が子の母として恥ずかしくない程度に聡明であれば良いのだ。下手《へた》に知識があって、差し出口を挟まれたら困るだろう。

「リリアは何で知ってるの？　アリスやジュリアやミレディも知ってるのかしら？」

「いいえ。そこまで知っていたのは私とエルルーシアだけです」

「エルルーシア……どうして？」

「彼女は写本をお手伝いしていたんです。多少ですが、旧語や古語がわかりましたし……他の子達はそちらの読み書きはあまり。エルルーシアは、従兄弟《いとこ》が図書寮《としょりょう》にいて……いろいろ教えてもらって製本もしていました」

「そう」

意外な特技があったんだ。

それにしても、勉強しているのも隠さなきゃいけなかったなんて、大変だなぁ。

「そういえば、他の三人は何してるの？」

「繕《つくろ》い物とお衣装の確認を……大丈夫ですよ、あの子達の大好きな仕事ですから」

「そうなの？」

「ええ。お衣装のことになると何時間でもやってますよ、あの子達」

「わかりました……そちらについては、今後全面的に任せるから」

好みがないわけじゃないけど、その情熱にはかなわない気がする。

本当によく似合うものを選んでくれるから、あの子達。

「このあたりは物語？」

「はい。小説がほとんどですね。流行《はや》りのものとか、あと恋愛小説とか……妃殿下が本をお好きなのは有名なので、エルゼヴェルト公爵家からも定期的に献上《けんじょう》されております」

「へえ……」

目の前の棚に並べられている本は糸で綴《と》じた薄っぺらいものが多いし、紙質もそんなによくない。でも、冊数がすごい。これ、雑誌みたいなものなんだろう。

印刷技術はそれほど発達していないようだけど、これって活字組んでるのかな？　それとも、江戸《えど》時代みたいに木に彫《ほ》ってるのかな？　とりあえず手書きではないようだ。

「姫さまが特にお好きだったのは、これですね」

リリアが手にしていた冊子は水色の表紙に『空の瞳』とある。

「好み、知ってるんだ……」

「何度も読んでらっしゃいましたから……なので、公爵家にもお伝えしてこのシリーズの新刊は全部届けさせておりました」

「ふーん。何冊くらいあるの？」

「確か今は五十冊を超《こ》えてると思います」

「…………え、完結してないんだ？」

「延々と続く波乱万丈《はらんばんじょう》のロマンス小説ですから」

「どういう話……？」

「統一帝國の皇子《おうじ》の幼馴染《おさななじみ》であった貧乏《びんぼう》貴族の姫君が異国に流されて、その国の王と紆余《うよ》曲折《きょくせつ》の末に結ばれながらも、他国に囚《とら》われて戦争に巻き込まれたり、奴隷《どれい》として売られて砂漠《さばく》の王の後宮にいれられたりする物語ですわ」

……何となくわかったかも。

フランスの作家の書いたアンジェリークみたいなやつ。文庫本で二十冊を超えるあの歴史大河ロマンスの傑作《けっさく》！　私はフランスにいた時にテレビで映画を見たけど。

「これ、もう一度読んでみる」

「では、そちらに置いておきますね」

暇な時に長椅子《ながいす》でごろごろしながら読もう。

『空の瞳』の函《はこ》を抜いたら、抜けた棚の裏板に薄い冊子がくっついていた。もしや、隠していた何かを発見した？　と思ったけれど、表紙に『空の瞳』の外伝と書いてある。函から抜けてただけらしいので、ちょっとがっかりしながらも適当に函に入れておいた。

それから、分厚い革《かわ》の装丁《そうてい》の本や金属で装丁された本が並ぶ棚を眺め、タイトルを追ってゆく。別に装丁がいかめしいからといって内容までそうだというわけではない。

（……あ）

そして、一番下の隅《すみ》の棚。分厚い本にプレスされるように挟まれていた十数冊くらいありそうな薄い冊子が目にとまった。

（薄い冊子の置き場はここじゃないと思うんだけど）

何となく違う気がして、冊子がバラけないようにそっと棚からひきぬいた。

「あった……」

丁寧に綴《つづ》られた手書きの文字。アルティリエの自筆だ。この薄い冊子こそが、探していたアルティリエの日記帳だったのだ。

やった！　今度こそ何か手がかりが！　と思って早速《さっそく》開いたんだけど……。

「どうしました？」

「…………………うぅん、何でもない」

……結果を言えば、アルティリエの日記はまったく役に立たなかった。

これまでのいろいろな事実から察するべきだったかもしれない……その無味乾燥《かんそう》な日常の記述に、泣きたくなった。

例としてある日の日記を抜粋《ばっすい》してみよう。

○月△日　晴れ
7：00　起床《きしょう》
8：00　朝食
9：00　拝謁《はいえつ》
10：00　学習（歴史）
12：30　昼食（マナー）
14：00　学習（ダンス・法律）
17：00　刺繍《ししゅう》
19：00　夕食
20：00　就寝《しゅうしん》
王太子殿下に贈るハンカチの刺繍をアーリエ夫人に教わった。
歴史　クロイツァ平原の戦いの章
ダンス　ワルツ
法律　成文法について

といった具合に、その日の行動と学習記録に何か一言が添《そ》えられているだけ。
普通、日記って誰にも言えない想《おも》いを綴ったりとか……人には言えない自分の考えを書きとめたりするものだと思っていたのに。

　これではただの行動記録だ。

　アルティリエの学んだ記録や何をしたかはわかるので、便利は便利だった。外出したことかも書いてあるみたいだし。

（でも、ちょっと……）

　私が期待していたものとは違う。

（こういうのじゃないんだよ～）

　それから、学習ノートも発見した。これがまたよくできていて、ちょっとした参考書のよう。数えてはいなかったけれど、たぶん百冊近くあると思う。

　正直、すごい、と思った。

　このノートは、アルティリエの勉強してきた……積み重ねてきた知識そのものだ。

（私の中にあるはずの知識）

　後でこっそりこれで復習しよう。

　綺麗な青インクの文字はとても丁寧で、少し丸みを帯びているところが女の子らしい。

　ふと、その学習ノートを戻すときに気付く。

「……あ」

　学習ノートで隠されていたもの。一番下の棚だったから、全然気付いていなかった。

(何だろう？　紙の束？)

ノートを全部引き抜かなければわからなかっただろう。

それは、色褪《いろあ》せた青い紐《ひぬ》で結ばれたカードの束だった。封筒《ふうとう》も全部とってある。

それらはすべて、ナディル殿下からのカードだった。

別にとりたてて特別なことが書いてあるわけじゃない。

贈り物に添えられていたものなのだろう。「誕生日おめでとう」とか「アルジュナの土産《みやげ》だ」とか……ほんと、走り書きの一言だけ。

……一番古い日付が八年前のもの。最新のものが三ヶ月前。

(なんだ……)

ちょっと嬉しくなって笑った。

儀礼の範囲《はんい》かもしれないけれど、まったく何もなかったわけじゃないんだ。

青インクで書かれた文字は、走り書きだけど読みやすい。たぶん、殿下の直筆なのだろう。代筆ならもうちょっと何かあるはず。

そっと、その文字を指で辿《たど》る。

殿下の仏頂面《ぶっちょうづら》を思い出した。苦手なあの気持ち悪い笑顔じゃなくて、不機嫌《ふきげん》そうに見えた素の表情を。

(殿下に、この間の紅茶のお返しをしようかな)

リリアに代筆を頼んで、すぐにお礼のカードを届けさせていたけれど、考えてみれば、私自身は何もしていない。

ここは一つ、お菓子でも作ろうか。それで私も、自筆でお礼のカードを添えて届けるの。

それは、すごく素敵《すてき》なアイデアに思えた。

（んー……失敗しないようにするなら、クッキーかな）

プレーンなバター味と、大人のレーズン入りと、いただいた紅茶味。

たくさん作って、お茶の時間に皆で少しずつ食べてもいい。

うん、そうしよう。

お菓子を作ろうと思ったら、麻耶のことを考えてもやもやしていた気持ちがふわっと軽くなった。お菓子には、きっと気持ちを明るくする効果がある。

「リリア」

「はい？」

「クッキー作るから、厨房借りてほしい」

「…………失礼ですが、作れるんですか？」

「……たぶん」

「わかりました」

やや疑いの眼差し。でも、雉汁のことを思い出したのかもしれない。

案外あっさり了解《りようかい》してくれたと思ったら、お菓子作りは貴族の女性の趣味としてはそんなに問題あるものでもないんだって。厨房に入るのはダメだから、焼くのは料理人に任せなければいけないけれど。

「妃殿下」

「なぁに?」

「妃殿下のお望みは、できるだけ叶《かな》えるようにいたしますので、どうか、御一人で行動することだけはなさらないでくださいませ」

「ええ」

勿論、というように私はうなづいた。

リリアがなぜそんなにも釘《くぎ》をさすのか、この時の私はわかっていなかったけれど。

・・・幕間・・・ 大司教と女官

私は神に祈《いの》らない。

神など何処《どこ》にもいない。

ただ――罪だけが此処《ここ》にある。


夕暮れの残光が、石造りの床《ゆか》に影《かげ》を落とす。

聖堂というところはどういうわけかきまって薄暗《うすぐら》い。母女神《めがみ》を光と称《たた》えるというのに、昼間はもちろんのこと、夜ともなれば真の暗闇《くらやみ》に閉ざされる。

かつて、私はその闇に怯《おび》える子供でしかなかった。

だが、今では私もその闇の住人だ。

金糸銀糸が縫《ぬ》い取られた重い聖衣をまとい、女神の薔薇香《ばらこう》をふりまき、民《たみ》を安寧《あんねい》に導く……その役を担《にな》って初めて気がついた。

昏《くら》いからこそ、母女神の導きの光がいっそう輝《かがや》くことを。

闇の中にあるからこそ、あんなにも美しく見えることを。

人の心をいかにして自分の思うところに導くか……私はそれを、この闇の中で学んだ。

(でも、この寒さだけは、いつまでたっても慣れないな……)

薄暗いことも天井《てんじょう》が高いことも、物音が響《ひび》くこともさほど気にはしないが、この芯《しん》から凍《こお》りつきそうな寒さだけはどうにも我慢《がまん》ならない。

建物が石で造られているからだが、聖堂であるがゆえの天井の高さもその一因《いちいん》だ。

何よりもここは、王太子宮に附随《ふずい》した聖堂で利用者がほとんどいない。その為、火の気がないから冷気がまったく緩和《かんわ》されないのだ。

「……殿下《でんか》……いえ、猊下《げいか》」

密《ひそ》やかな声で呼びかけられる。

待ち人来たりて……私は、小さく笑《え》みを浮かべて顔をあげる。

「リリア」

「大変、お待たせいたしました」

「いや、大丈夫《だいじょうぶ》だ」

久しぶりに会った乳姉弟《ちきょうだい》は、以前よりもずっと快活そうに見える。

「今回はお忍《しの》びでございますか?」

「そういうわけでもない。ただ、こちらに来たからといって父上や母上の顔を見る気にもなれなくてね」

君も知ってのとおり、私は母上が苦手だから――。

私がそう言うと、リリアは困ったような表情を浮かべた。

「この時間はお忍びということにしておいてくれ。今の私はジュリウス最高枢機卿《すうききょう》の使者に過ぎないから」

内緒《ないしょ》だ、とそっと唇《くちびる》に指をあてると、リリアは小さくうなづく。

とはいえ、私が王宮に入ったことは兄上には伝わっているに違いない。

門を通ってここに入った以上、父と母の目を盗《ぬす》むことができたとしても兄上の目から逃《のが》れることはできないからだ。

すでに王室を離《はな》れた身とはいえ、私が王子である事実には変わりがないから、王宮に足を踏《ふ》み入れることに問題があるわけではない。

私は、王子の持つ特権……世俗《せぞく》のそれ……を手離《てばな》し、代わりに聖なる特権を手に入れた。

国教会の大司教――私の年齢《ねんれい》を考えたら信じられないほどの高位。

ダーディニアの国教であるルティア正教には、大陸最大宗教であるルティア神教で言うところの、『教皇』にあたる地位がない。正教における最高権威者《けんいしゃ》は国王で、霊的首位権を持つとされ、宗教的な指導者の最高位は最高枢機卿と定められている。

現在の最高枢機卿は、大叔父《おおおじ》にあたるジュリウス猊下で、私はその後継者《こうけいしゃ》と目《もく》されている。

「お元気そうで何よりです。もっとよくお顔を見せて下さい。ちゃんと食事はとっていますか？　好き嫌いをされてはいませんか？」

「相変らずだな、リリアは」

私よりたった二ヶ月早く生まれただけなのに、リリアは幼いころからまるで姉のように私に接した。

実姉《じつし》のアリエノールよりも、リリアのほうがずっと私の世話を焼いてくれたものだ。

「三年ぶりでございますもの」

「前はギヒニアに行く時だったたっけ？」

「はい」

物心ついてから私が神学校に入学するまで、私達はいつも一緒《いっしょ》だった。

離れることなど想像もしなかった。……私の乳母《うば》であり、リリアの母であるハートレー子爵夫人《ししゃくふじん》が亡《な》くなるまでは。

リリアはすっと背筋を伸ばし、姿勢を改めて言う。

「ギッティスへの異動、おめでとうございます、猊下」

「ありがとう。でも、猊下はやめてくれ」

リリアに猊下と呼ばれるたびに、離れてしまった距離《きょり》を感じる。それが嫌《いや》だった。

「では、シオン様」

「うん」

王都アル・グレアを含《ふく》むこのギッティス教区の大司教とならなければ、私は今も北部の地方都市ギヒニアにいただろう。

私の年齢で大司教位を得るのは極《きわ》めて異例のことだが、私が第一王妃の産んだ王の子であることから、表立って反対をするような人間はいなかった。

だが、教区がギッティスとなるとこれまでのようにはいくまい。

ギッティス教区の大司教は、別名を『王都大司教』。へたな枢機卿よりもよほど大きな権力をもつ。誰もが望む顕職《けんしょく》だ。

「……異動は、間違いなく兄上のご意向だろうけどね」

私がただ兄上と呼んだ場合、それは王太子である長兄《ちょうけい》を意味する。二番目の兄のことはアルと名前で呼ぶからだ。

アルは兄上を、『死人すらコキ使う』と評したが、それは正しい。兄上はいい加減、私が北部で逼塞《ひっそく》して引きこもりをやっていることに痺《しび》れを切らしたのだろう。

兄上は怠惰《たいだ》を嫌《きら》う。手抜《てぬ》きやサボりを許さない人なのだ。

そして、近しい人間に対するほど厳しい。

「信頼《しんらい》されているのですわ」

「どうだろうな。信じてもらってはいると思うけれど、頼《たよ》られているとは……」

思えないねぇ、と私は首を横に振《ふ》る。

「それは仕方ありません。シオン様はわがままな駄々《だだ》っ子《こ》ですもの」

「末っ子だからね」

私には異母弟妹《いぼていまい》がいるが、彼らのことは正直よく知らない。ほとんど接しないうちに教会に入ったので、彼らの兄だという自覚がなく、いつまでも自分が末っ子のつもりでいる。たぶん、アルや姉もそうだろう。

一緒に過ごした記憶《きおく》や何かがなければ、半分血がつながっていたとしても、お互いに兄弟だなんて意識はほとんどわかないものだ。

「ところで、それは何？」

先ほどからリリアの持っている籠《かご》が気になっていた。

「ああ、これは、妃殿下《ひでんか》が……」

「妃殿下……？　アルティリエ姫？」

「はい。御前《ごぜん》を失礼する許可をいただく際に、シオン様とお会いすることを申し上げましたら、これを」

「何だい？　それ」

「………おやつです」

「は？」

「お菓子ですわ。最近、妃殿下はお菓子を作ることにご興味をお持ちなので」

「へえ……食べられるの？」

　お菓子づくりを趣味とする貴婦人は少なくない。それと、食べられるものができるかどうかは別の話だ。

　概《おおむ》ね食べられるものは、作っていると思い込んでいる当人の目を盗んで、菓子《かし》職人か料理人がすりかえていることが多い。

「召《め》し上がってみてくださいませ。シオン様でしたら、即座《そくざ》に妃殿下に求婚《きゅうこん》したくなりますよ」

　くすくすとリリアが笑う。

　私が甘《あま》い菓子を今でも好むことを知っているからだ。

　幼い頃、私は大好きなリンゴのプディングを作る菓子職人と結婚すると言って駄々《だだ》をこねたことがある。結婚すれば毎日リンゴのプディングが食べられると思っていたのだ。

　リリアは、信徒席の上に深いグリーンのストライプの布を広げ、籠の中身を出す。

「どうぞ」

　渡されたカップからは、湯気が立ち上った。

「温かい」

ちょっと驚《おどろ》いた。来る直前に淹《い》れたとしても、ここまで温かさを保《たも》てるのはすごい。

「驚かれました？　熱さを保っている理由は、これです。このカバーの中に軍で使ってる水筒《すいとう》の大きいものが入っているんです」

軍の水筒は飾《かざ》り気《け》のない金属製だ。そのままでは熱くて持てない。冬ともなると布で包んで、湯たんぽがわりに使うことがある。

「冷めにくいようにと妃殿下がカバーを作られて」

「へえ……」

しげしげとそのカバーを見る。中に分厚く綿を入れ、水筒にぴったりな袋状《ふくろじょう》になっている。戻ったら、教会でも作らせてみよう。

「……おいしい。これは何？」

紅茶をアレンジした飲み物だということはわかった。

ほんのりと甘く、紅茶とミルクの味がとても強い。そこにシナモンと、何か香《こう》ばしい風味が添《そ》えられている。

「『チャイ』だそうです。妃殿下が古い文献《ぶんけん》から思いついた飲み物だそうで、ダーディニア風にアレンジしたのだとか……妃殿下は昔の料理などをよくご存知なのです」

「へえ……」

もう一口飲んだ。身体が芯から温まる。紅茶の味を消さないシナモンや、おそらく蜂蜜《はちみつ》

だろうほのかな甘味《あまみ》が絶妙《ぜつみょう》だ。それに、まったくミルク臭《くさ》くない。

「こちらは、クッキーとパンケーキサンドです」

「パンケーキサンド?」

「パンケーキを小さめに焼いて、クリームを挟《はさ》んでいるんです」

薄《うす》い蠟紙《ろうがみ》にくるまれていたのは、綺麗《きれい》に丸く焼かれた小さなパンケーキの間に何か黄色いクリームがはさまっているものだった。

私は薦《すす》められるままに口にする。

王室に生まれ、大司教の高位にある今も、毒物には注意を払《はら》わねばならない身の上ではあるが、リリアが薦めるものに間違いがあるはずがない。

「おいしい」

素直《すなお》にその言葉がこぼれる。

卵とミルクの味がするクリームは、ちょっとだけリキュールがたらしてある。それがアクセントになっていて、この菓子を特別なものにしていた。

「クリームの味が違うんです」

「うん。……なるほど、これはちょっとすごいな。確かに、求婚したくなるね」

この味が毎日食べられるなら、結婚を考えてもいい。

国教会の高位聖職者は、修道《しゅうどう》の誓《ちか》いをたてている独身主義者が多いが、別に婚姻《こんいん》は禁じられていない。ルティア正教において、婚姻は聖なるもの。母女神の祝福なのだ。

ただし、司教以上の高位聖職者の子供は、親が聖職にある限り叙階《じょかい》を許されないという決まりがある。つまり、高位聖職者の子供は聖職者にはなれない。世襲《せしゅう》を許さない仕組みだ。よくできている。

「兄上にはもったいない奥方だね」

心底そう思う。兄上は味オンチではないが、食べ物にさほど関心がある人ではない。きっと、この素晴《すば》らしさがわからないだろう。

……何しろ、三食とも軍の携帯糧食《けいたいりょうしょく》でいいという人だ。晩餐会《ばんさんかい》の贅《ぜい》を尽《つ》くした最高の料理よりも携帯糧食を選ぶし、兄上との内輪の夕食会というのは携帯糧食に水かお茶だ。

「だから申し上げたじゃないですか、シオン様が求婚したくなるような味だって」

「本当にね」

よくよく味わうと、生地《きじ》にも何か工夫《くふう》があるようで、香ばしい味がしている。

「見た目は一緒ですけど、パンケーキサンドは三種類あるそうですよ。それは、後程《のちほど》確かめてくださいね」

「楽しみだね」

カップに注がれる飲み物。リリアもおかわりを口にする。

「こちらのクッキーも召し上がりますか？」

「では、一枚だけ」

大きめに焼かれたクッキーを手にすると、なんだか頬《ほお》がゆるんだ。

甘いものを食べると心がほっとする。だからこそ、私は菓子が好きなのかもしれない。

「何だい？」

「いいえ。そんなお顔を久しぶりに拝見したと思いまして」

「仕方ないだろう。……好きなんだ、甘いもの」

大人になれば味覚は変わると言われたが、甘いものを好む嗜好《しこう》は変わらなかった。

教会への喜捨物《きしゃぶつ》に砂糖が多いのも、それに拍車《はくしゃ》をかけたかもしれない。

これまで幾《いく》つかの聖堂に赴任《ふにん》したが、どこの聖堂でも修道女や修道士達が喜捨された砂糖を使って独自の菓子やらジャムやらを作って売っていたので、菓子には不自由したことがなかった。

幼い頃は甘いだけで喜んでいたものだが、今ではいろいろな味を知ったせいか、少し舌《した》が肥《こ》えた気がする。

手にしたクッキーは、見た目はどこぞの農家で軽食代わりに焼かれるような素朴《そぼく》なクッキーとそう変わらない。

（あ……）

だが口にした瞬間《しゅんかん》、それがまったく別物だとわかった。

「……本当にもったいない」

思わずため息をついてしまう。

何種類ものシリアルやナッツに干しブドウが入っているそれは、いかにも腹持ちが良さそうだ。クッキーにしてはずっしりと重い。クッキー部分はさっくりとシリアルはぱりっと焼けていて、ナッツ類の香ばしさと干しブドウの甘味が絶妙だ。

「リリアも食べなよ」

「いえ、私はもう……作っている時にたくさんいただきましたので。……クッキーは一週間、パンケーキは明日まではおいしくいただけるそうなので、残りはお持ちくださいね」

「ありがたく」

「……どなたかに差し上げる時は妃殿下のお手製ということは絶対に内緒にして下さい。これを作るのに、ご自身が厨房《ちゆうぼう》に入られているんです」

「ああ……それは、兄上にバレたら怒《おこ》られそうだね」

「はい。……それに、厨房にいる時の格好を知られたら……」

リリアの視線が泳いだ。

「何？　そんなに変わった格好をしているの？　だいたい、よく、王太子宮の料理人が厨房に入れたね」

王太子妃宮《おうたいしひぐう》の厨房は、私がまだ王宮にいる時に騒《さわ》ぎがあって閉ざされたはずだ。

兄上が携帯糧食でほとんどの食事を済ませるような人なので、元々料理人の数は少ないが、それでも姫を厨房に入らせるのは難しいだろう。

「料理長は妃殿下の新しい侍女《じじょ》が入ったのだと思っています。……厨房の洗い物をしている下働きの少女と同じ格好をしておりましたから」

「それは……重ね重ねまずいねぇ……」

「わかっています。今回だけに決まっているじゃないですか。何かあったらただではすみませんもの」

リリアは胃が痛みます、とため息をつく。

兄上が知ったら、さぞ怒るに違いない。あの人は、変なところで過保護だ。

先日アルにボヤかれたが、姫がエルゼヴェルト領に里帰りしていた時はそりゃあ大変だったらしい。墜落《ついらく》事故で意識不明だとか、毒殺未遂《みすい》があっただとかの情報が錯綜《さくそう》して気が気でなかったのはわかるが、その怒気《どき》のおそろしさに誰《だれ》も何も言えなかったそうだ。

兄上は姫に対して特別な関心があるわけではないのだが、不憫《ふびん》な子供だと思っていて、自分が保護することを決めている。

それで、けろっとして無傷で帰ってきた姫を、危《あや》うく怒鳴《どな》りつけるところだったのを何とかこらえたらしい。

十二歳の女の子が兄上に怒鳴りつけられたら、絶対にトラウマになる。賭《か》けてもいい。

大の大人が何人もその憂《う》き目《め》にあっているのだから間違いない。

「リリアは……妃殿下とうまくやっているのだね」

私は苦笑《くしょう》する。その中に淋しさが混じっていることは秘密だ。

リリアが私の絶対の味方であることを知ってはいても、こうして子供みたいな独占欲《どくせんよく》を覚える。

「勿論《もちろん》です……と、言いたいところですが、妃殿下が記憶を失くされなければ、今のようにお仕えすることにはならなかったでしょう。ご記憶を失くしたせいで、妃殿下は随分《ずいぶん》と明るくなられました」

「それは、良《い》いと言うべきか、悪いと言うべきか……」

私達は会えなくなった距離と時間を手紙で埋《う》めているから、おおまかな事情くらいは知っている。

そもそも、アルティリエ姫が人形のようになってしまった理由を、私は察していた。

だからこそ、私は神学校に入ることを決め、共にいられなくなったリリアを王太子妃宮へと送り込んだのだ。

私は、誰にも何も言えない――――言えぬまま王宮を逃げ出した私に、それ以上できることはない。

何も言わずとも私の望みを叶《かな》えてくれる者は、リリアしかいなかったのだ。

「姫を頼《たの》むよ、リリア。……もし、彼女に何かあったら、ダーディニアは内乱になる」

「承知しております」

リリアは深々とうなづく。

それは、大げさなことではなかった。

アルティリエ姫こそがエルゼヴェルトの相続者であることはほぼ確定している。

王位は男児優先であるが、それ以外の爵位《しゃくい》は一部の例外をのぞき男女を問わないことが多い。姫が二人子供を産めば、必ずどちらかはエルゼヴェルト公爵位《こうしゃくい》を継《つ》ぐことができる。逆を言うならば、姫が子供を産まなかったら公爵位は宙《ちゅう》に浮く。

「今がどんなに危険な状態か……理解している人間はどれだけいるだろうね」

東のエルゼヴェルト、西のフェルディス、北のグラーシェス、南のアルハン、……四大《よんだい》公爵家《こうしゃくけ》とか四公家《よんこうけ》と呼ばれるこれらの家は、それぞれがダーディニアの四方……各方面の地方諸侯《しょこう》をまとめた連合の盟主でもある。

公爵家の世継《よつ》ぎ問題は、エルゼヴェルトという一つの家……一族の問題ではない。

国家の枠組《わくぐ》みで考えた時、エルゼヴェルトは東部の盟主であり、王家に対して考えた時、四大公爵家の一角となる……二重の要なのだ。

王家はアルティリエ姫の子供を通じてエルゼヴェルトと王家とを密接に結びつけることは望むが、エルゼヴェルトを王室領として併合《へいごう》するわけにはいかない理由がここにある。

「一番危険なのは当代エルゼヴェルト公爵が亡くなり、妃殿下がまだ子供を産んでいないという状態になった時ですから、まだマシですよ」

「あんまりうれしくない指摘《してき》、ありがとう」

実を言えば私は、アルティリエ姫と兄上が離婚《りこん》して、姫がエルゼヴェルトの世継ぎとなることが一番だと思っている。……あの男のせいで、父上は絶対にそれを許さないが。

「変な話ですが、もし今、妃殿下がお亡くなりになるようなことがあったら、誰がエルゼヴェルト公爵家の相続人になるんですか？」

「純粋《じゅんすい》に国法に沿うなら、エルゼヴェルト公爵の兄弟となる。が。知ってのとおり公爵に実弟妹はないし、資格のある異母兄弟は亡くなっていて子もいない。庶子《しょし》は相続権がないからこの場合、無関係だ。

そうすると、もう一代遡《さかのぼ》った公爵の実弟妹が対象となる。当の本人達は既に亡くなっているからその子供だね。……で、そうなると、我が父上と当代グラーシェス公爵と先代フェルディス公爵……つまり、国王と北と西の大公爵が対象に入るんだ。勿論、この三者はそれぞれ継いでいる家があるからエルゼヴェルト公爵位は継げない。だが、その嫡出子には等しく全員に権利がある。私が内乱になると言ったのはそのせいだ」

等しく権利があるというところが問題だ。等しい為に互いに争う。しかも、そこまで遡ると逆に対象が多くなりすぎる。

自分が継げぬことは我慢できても、他者がそれを手に入れることは許せないのが人の心というものだ。

「………決着つかないでしょうね」

「だろうね。これが他の貴族なら、家を潰《つぶ》して爵位を返上し、領土や資産を分割《ぶんかつ》するのもありだけど、四大公爵家にそれはできない。……だから、もし今、アルティリエ姫が亡くなることがあったら、公爵は自分の意志がどうあれ離婚して子供をつくるしかないね」

そして、子供ができぬまま公爵が死ねば、再び内乱コース一直線だ。

リリアは私が何を示唆《しさ》したかわかっていたので、何も言わなかった。

「だからあの男は最低だというのだ。皆《みな》、彼を有能だというけれど、あの男はそもそも最低限の義務を果たしていない」

世継ぎをつくるのは貴族に生まれた男の最低限の義務だ。その為に、冷静に考えれば非人道的なことをどこの家だってさんざんしてきているし、そんな話はどこにだってある。伯母上《おばうえ》の話が有名なのは、伯母上が世継ぎを産める身でありながら、ないがしろにされたからだ。

「私はね、リリア。エルゼヴェルト公爵が伯母上……エフィニア王女を悲嘆《ひたん》のうちに死なせたことはどうでもいいんだ。私は兄上達と違って伯母上のことをよく知らないしね。だってさ、ちょっと考えてみるといい。あの話は伯母上の立場から見るから最低に見えるのであって、ルシエラの側から見たら、どんな困難をも乗り越えて絶対の愛を誓ってくれた最高の男ということになるんだよ」

一族の反対、社会の反対をものともせずに、身分の差を乗り越えて正式に妻にまでしてくれたのだ。

「それこそ女性向け流行小説の世界だ。……だが、私はそんなことはどうでもいい。所詮《しょせん》、私事にすぎない。でもね、あの男は、ただ一人の女の為に国を内乱に導く種をまいた。あの男が私事を優先して最低限の公人としての義務を果たさなかったせいで、今のこの状態があるのだ。せいぜい、あの男には長生きしてもらわねばなるまいよ。せめて、アルティリエ姫が二人の子供を産むまではね」

惚れたの何だのと言うのなら、義務を果たしてからにするべきだろう。

「でも、私にとって一番腹だたしいのは、姫にとって一番の危険が、そういった理屈《りくつ》をまったく無視したところにあることだ……」

そう。……たぶん、私以外は誰も知らぬ危険。

姫は確かに狙《ねら》われている。

例えば、他国からの……帝国《ていこく》あたりの刺客《しかく》もいるかもしれないし、エルゼヴェルトの継承《けいしょう》をめぐって四大公爵家の他の家からも狙われているかもしれない。

だが、姫にとって本当の意味で一番危険なのは、それらではないのだと断言できる。

兄上に話すことさえできれば、問題の大半が解決するに違いない。

けれど、私は兄上にすらそれを言えない。

恐《おそ》ろしいからだ。口に出して、それを真実にしてしまうのが恐ろしい。

「シオン様」

何かを決意したようにリリアが私を呼んだ。

「何だい、リリア」

私は微笑《びしょう》を浮かべる。聖職についてから、常に浮かべるようになった微笑《ほほえ》み。

それが母王妃によく似ていることに気付いた時は、吐《は》き気《け》を覚えた。

「エルルーシアが死んだ毒は、私の母と同じものでしたわ」

リリアが呟《つぶや》くように告げる。手紙に書かれることのなかったその事実。

「そう……」

（やはり……）

「まだ、お話いただけませんか？」

「…………ごめん」

王宮に在《あ》る闇……その奥底《おくそこ》で蠢《うごめ》く昏きもの。

私はそれを知っているが理解してはおらず、誰がそれを理解しているのかも知らない。

もしかしたら誰にも理解できてはいないのかもしれない。

ただ、罪はそこに在《あ》り、それは、告発できぬ私の罪でもある。

己《おのれ》自身よりも信じられるリリアにすら、それを告げることができない。

「……いいですわ」

漏《も》らされた小さなため息に、見捨てられたような気がして思わず顔をあげる。

リリアは笑っていた。

「無理して聞き出したりはしません。シオン様が私にお話しになれないのには、なれないだけの理由があるのでしょうから。……お気になさらないで下さい」

リリアの笑みに安堵《あんど》しつつも、すぐに不安が襲った。こんなにあっさりと諦《あきら》めるのはまったく彼女らしくない。

「リリア、危険なことは……」

「致《いた》しませんわ。……私はただ、妃殿下をお助けするだけです。その結果、真相にたどり着くことはあるのかもしれませんが」

「何をするつもりだ？　わかっているだろう？　どこで誰に見られているかわからないんだ」

「危ないことはいたしません」

「危ないかどうかを判断するのは君ではない。そして……」

「そして……何です？」

強い目線に促《うなが》されて、私は口にする。

私は、そんな目をしたリリアに、決してかなわない。

「アルティリエ姫にこれ以上近づいてはいけない」

「…………………」

リリアは答えない。答えない代わりに笑みを見せる。

この笑みは同意をしないという意味だ。それくらい、言葉にしなくともわかる。

「リリア、本当に危険なんだ！」

「矛盾《むじゅん》しておりますわ、シオン様。妃殿下をお守りせよと最初におっしゃったのはシオン様です。なのに、これ以上は近づくななどと……私は妃殿下の女官ですよ」

「矛盾しているのはわかっている。わかっているんだ……だけど……」

リリアが駄々をこねた子供を宥《なだ》めるような眼差《まなざ》しを私に向ける。

「シオン様、私はシオン様の乳姉弟ですわ」

「わかっている」

「でも、アルティリエ妃殿下の女官《にょかん》ですの」

「リリア……」

「シオン様を大切に思う気持ちは変わりません。ずっと思いつづけるでしょう……乳姉弟ですから」

「だったら……」

リリアは綺麗に笑う。そして、首を横に振って私の言葉を遮《さえぎ》った。

「今、私がお仕《つか》えしている主は、アルティリエ妃殿下なのですわ……シオン様」

私は笑った。いつも通りに笑えたかはわからない。

「……私は君に見捨てられたのかな、リリア」

「いいえ、シオン様」

「だったら、どうして……」

「私はずっと、シオン様の味方ですわ。できる限りのことをしてさしあげたいと思っております。……でも、優先するのは妃殿下です」

「なぜ？」

「シオン様よりも、妃殿下の方が危なっかしいので」

わずかに笑みを含んだリリアの答えに、ちょっとだけ気が抜けた。

「姫は、危なっかしいのかい？」

「はい。……記憶を失くしたせいで、何が危険かそうでないかをわかっておられません。それに、妙《みょう》な行動力もおありで」

「妙な行動力……」

私は心底困っている様子のリリアに、つい笑ってしまった。

「笑い事ではありません。危険には近づかないと約束して下さいましたし、十二歳とは思えぬ落ち着きと思慮《しりょ》と分別をお持ちですが、どうにも危なっかしいんです」

「……姫は、随分と変わったのだね」

人形姫と呼ばれていた姫がそんな風に変わるとは、何とも不思議なことだった。

陰ながら人形となってしまった姫に、リリアが心を配っていた事を知っている身としては、報《むく》われて良かったと思うべきなのかもしれない。

「はい。……でも、本当は変わったのでも何でもないのかもしれません」

「どういうこと？」

「記憶を失ったせいで、単に妃殿下を縛《しば》っていた枷《かせ》がなくなっただけ……今の状態が妃殿下の素の状態とも考えられます」

「なるほど、本来の姿に戻っただけということか」

「今となってはもう、そんなことは関係ないのです。……妃殿下は妃殿下ですから」

そして、リリアは笑って付け加えた。

「……シオン様が王子であろうとも、大司教であろうとも、シオン様であるように」

「リリア……」

私はリリアを失ったわけではないことに安堵する。

己の単純さが愚《おろ》かしく、そして愛《いと》おしい。

リリアにそう言ってもらえる限り、私は私を見捨てないでいられるだろう。

――――時に、吐き気がするほどの嫌悪《けんお》を己に覚えたとしても。


「私、そろそろ戻ります。シオン様は、王太子殿下の元に行かれるんですよね？」

「ああ」

リリアは手早く片付けを済ませると、私にお菓子の包みを押し付けた。私はそれを聖衣の懐《ふところ》にしまう。白地に金糸銀糸で聖句や母女神の紋《もん》を縫《ぬ》いとったゆったりとした衣《ころも》には、物を隠《かく》す場所がいっぱいある。

「先に参ります」

「うん」

リリアが妃殿下の侍女であるから、私達が王太子宮のこの小さな聖堂で会っていたとしても不思議に思う人間はいない。

「………そうそうシオン様、ダメですよ。行き先を簡単に白状《はくじょう》なさっては」

「え？」

「今のこの時期、王太子殿下の元に国教会の最高枢機卿からの使者として新任のギッティス大司教がいらっしゃるなんて、勘繰《かんぐ》ってくれと言ってるようなものですわ」

「あ……」

神の国の昏い闇の中を歩き回り、一人前の住人になったつもりでも、私はリリアにはまだまだ及ばない。

「私に気を許して下さっているのは嬉しいですが、お気をつけ下さいね」

「ああ」

「明日以降、女官達にはそれとなくひろめておきますわ。シオン様が新任のご挨拶《あいさつ》がてら、王太子殿下におねだりにきたようだって」

「何をねだったらよいだろうか？」

「ギッティス大聖堂の信徒席の改修費用なんていかがですか？　去年、妃殿下の代参で参りました時のベンチのボロさ……失礼、古さに驚きましたもの」

「……そう。じゃあ、そうしよう」

リリアがこう言うからには、兄上は何も言わずに用立ててくれるだろう。

兄上は神を信じていないが、だからといって喜捨を惜《お》しむ吝嗇家《りんしょくか》でもない。相応の理由があればちゃんと出してくれる。信徒席の改修なら文句はないだろう。

「リリア」

真鍮《しんちゅう》の装飾《そうしょく》がたくさん施されたドアノブに手をかけたリリアを呼び止める。

「はい」

薄く開いた扉《とびら》から差し込む夕暮れの残光の中で、リリアが振り向く。

その姿が眩《まぶ》しくて、私は目を細めた。

「……君は、神を信じるかい？」

「いいえ」

静かな声音《こわね》。

「……シオン様は信じますか？」


「いや」


聖職者にあるまじき答え。

私達は互いに小さく笑った。

私は神を信じない。

神など何処《どこ》にもいない。

ただ────私の祈りだけが此処《ここ》にある。

第四章　エルゼヴェルトからの使者

実家からの使者と会うと決めたのは、ただの思い付きだった。思い付きでなければ、気まぐれ……どちらにせよ、これといった目的意識があったわけではない。

王宮の生活は慣れると単調だ。

同じルーティーンの繰《く》り返《かえ》し。私的な外出なんてまずありえないし、この自分の宮から出るのにさえ王太子殿下《でんか》の許可がいる。

ただ庭を歩くだけでも護衛の騎士《きし》が二人つくし、部屋の入り口という入り口には警護《けいご》の騎士が立っている。

護衛は私に剣《けん》を捧《ささ》げた三十名余りの騎士が交代で務めていた。それなりに顔見知りではあるのでさほど気にしないが、これが他のまったく見知らぬ者だと、たぶんストレスがたまるだろう。

（お姫様ってつくづく籠《かご》の鳥なんだな～）

わかっている。私は生命を狙《ねら》われていて、王太子殿下が守ってくれているのだということは。

（王宮に戻ってからの過保護っぷりが、とにかくすごいから）

本当の意味で私が一人になるのは、寝室《しんしつ》とトイレくらいだ。

アルティリエの元を訪れることができるのは、王太子殿下の許可を得た者だけで、基本的に来客はない。

殿下は、私が幼いことを理由にすべての拝謁《はいえつ》希望を却下《きやつか》しているのだという。確かに陳《ちん》情《じよう》とかされてもどうしていいかわからないし、そういったことは王太子殿下が全部代わって手配してくれているそうだ。

その王太子殿下でも却下しきれないのが、エルゼヴェルトからの使者だという。私に対する権利は何もなかったとしても、エルゼヴェルトは私の実家であり後《うし》ろ盾《だて》だ。

そして、私が暫定《ざんてい》相続人である以上、その接触《せつしよく》を拒《こば》むことも、エルゼヴェルトからの献上品《けんじようひん》をさしとめることもできない。

これまではリリアが全部対応してくれていて、私が立ち会うことはなかったという。

けれど、この日の私はちょっと退屈《たいくつ》していたので、実家からの使者と聞いて会う気になったのだ。

「妃殿下《ひでんか》には拝謁《はいえつ》をお許しいただき、恐悦至極《きょうえつしごく》に存じます」

金髪《きんぱつ》の美青年が膝《ひざ》をついて一礼する。リリアもジュリアも彼に見惚《みほ》れているようだった。

そういえば、帰還《きかん》の途上《とじょう》でも騒《さわ》いでいたよね。

確かに王太子殿下とは違う種類の美形だ。雰囲気《ふんいき》が柔《やわ》らかだし、愛想《あいそ》もいい。……王太子殿下が極寒《ごっかん》の冬空を思わせる美貌《びぼう》なら、彼はうららかな春の青空を思わせる。

（お義兄《にい》さんかもしれない人だ）

ラッキーだと思った。

この人がお義兄さんなら、やっと助けてもらった御礼《おれい》が言える。

私は彼の挨拶《あいさつ》に小さくうなづいてみせた。

（……ん？　ちょっと待って。でも本当にお義兄さんでいいのかな？）

名乗らないのは既《すで》に知っていると思われているからなのだろうか？

本人に聞くのはさすがにまずいだろう。

私はリリアに目で訴《うった》える。お願い、こっち向いてー。

私の念が通じたのか、リリアがすぐに寄ってきてくれた。さすがリリア。

「誰《だれ》？」

手にしていたレース付きの扇《おうぎ》で口元を隠《かく》し、唇《くちびる》だけでこそっと尋《たず》ねる。

レースの扇は拝謁の時に王太子妃が手にする必須《ひっす》アイテム。自分が拝謁する時は持たなくてもいいけれど、受ける場合は必要。特にこういう時に。

カンニングペーパーを貼《は》るのにちょうどよさそうだと思ったのは内緒《ないしょ》だ。

「……妃殿下の異母兄君《あにぎみ》です。ラエル・クロゼス＝ヴィ＝フィノス卿《きょう》」

こそっとリリアも囁《ささや》く。

やっぱりそうか。良かった。

「先日はありがとう」

私が口を開くと、彼は何かに弾《はじ》かれたように顔をあげた。

そういう反応にもだいぶ慣れたけど、今、軽く飛び上がったよね。驚《おどろ》きすぎじゃないかな、それ。

「妃殿下におかれましては、フィノス卿に湖で助けられたこと、また、王都帰還の護衛をして下さったことを感謝しており、御礼《おんれい》を申し上げたいと気にかけておられました」

リリアが代弁してくれる。

「もったいないお言葉です」

深々とお兄さんは頭を下げた。

フィノス卿……この人には、エルゼヴェルトを名乗る資格がない。庶子《しょし》だから。

彼が名乗れる称号《しょうごう》は自身で得た騎士爵の『ヴィ』だけだ。

「妃殿下、エルゼヴェルトよりこれらの品が届けられております」

アリスが銀の盆《ぼん》に載《の》せた目録を掲《かか》げる。

私はそれを手に取り、ざっと目を通した。

今回の献上の品である書物のタイトルや服用布地の種類や色などが書かれている。他には、エルゼヴェルト特産の果実酒や蜂蜜《はちみつ》、それから砂糖。なんで食料品と思うかもしれないけれど、こういった嗜好品《しこうひん》は思っている以上に高価なため、贈答品《ぞうとうひん》の定番なのだ。

『空の瞳《ひとみ》』の続刊が入っているのに気付いて、嬉《うれ》しくて笑った。

他に娯楽《ごらく》がないせいで夢中になって読んだの、このシリーズ。

なんでアルティリエがこれを気に入っていたのかがわかった。

『空の瞳』のヒーローである異国の王様が、ナディル殿下に似ているのだ。外見描写《がいけんびょうしゃ》も銀の髪に蒼《あお》い瞳だし、性格が冷淡《れいたん》なところも似ている。

傲慢《ごうまん》で高飛車《たかびしゃ》な王様が、主人公に対してはすごく不器用で、いつも誤解をまねくような言動ばかりとるの。でも、最終的にはちゃんとわかりあう。

アルティリエは、この王様と殿下を重ねていたんじゃないだろうか？　そして、積極的に王に好意を告げる主人公のようになりたいと、願っていたのではないだろうか。

王は口では酷《ひど》いことを言うのに、手紙ではいつも優しい言葉を綴《つづ》る。物語の主人公はその手紙を大切にしていた。

（……隠していた、手紙やカード）

一通一通に書かれていたのは、一言、二言のごく当たり前の言葉だけ。でも、あれだけの束ともなればわかることがある。

（流し書きであっても決して崩《くず》していない直筆《じきひつ》の文字）

殿下の直筆の写本や書類を見たことがあるのだけれど、写本はともかく、書類などの文字はかなり崩されていて、慣れていなければ読みにくい。

でも、アルティリエに贈《おく》られたカードや手紙の文字は、流し書きであっても決して崩していない。それはきっと、崩した文字に慣れない子供……アルティリエに読みやすいようにという殿下の配慮《はいりょ》だ。

束ねられた紙片《しへん》の厚みは、殿下のアルティリエに対する思いなのだと私は思っている。そして、その全てを大切に隠していたことが、アルティリエの秘めた思いのあらわれなのだ。

（それが、どういう気持ちだったのか、私は憶《おぼ》えていない）

ただ、あのカードの束を見るたびに、胸につきささるような痛みを感じる。ぎゅうっと締《し》め付《つ》けられて、息苦しくて、それで泣きたいような気持ちになる。

私は、そっとその本のタイトルを指でなぞった。

真実はわからない。でも、そうはずれてはいないだろう。

「ありがとう」

だから、お礼を言った。あんまり多くを口にすることはできないけれど、感謝の気持ちだけは忘れたくない。

「妃殿下のお気に召《め》したようで、何よりにございます。……他にも何かご要望がおありでしょうか？　公爵《こうしやく》が、妃殿下が不自由されているのではないかと案じております」

その言葉に私は小さく首を傾《かし》げる。

リリアが驚いた顔をした。これまではそんなことを言ったことがなかったのだろう。

ちょっと躊躇《ためら》ったけど、これくらいなら許されるかな、と思って告げた。

「エルゼヴェルトのお城で食べたお菓子《かし》が食べたい」

焼き菓子なら十日やそこらは保つから、運んで来られるかなって思ったの。

あれは本当においしかった。もう一度食べたいっていつも思い出してた。

あちらの世界だったら行列ができるレベル。

たぶんだけど、この世界の職人さんって、何となくで作ってるんだと思うの。目分量とか、これまでの勘《かん》とか、そういうので。

でも、実はお菓子作りってすごく繊細《せんさい》なものだ。

分量はきっちり、手順だってレシピを厳守する。それが当たり前の基本。

例えば、「小麦粉を入れたボウルに牛乳を注ぐ」と「牛乳を注いだボウルに小麦粉を入れる」。

結果は同じだと思われるかもしれないけれど、実はこれ、お菓子づくりにおいては別モノなのだ。

その違いが出来をまったく違うものにする。化学の実験みたいなところがあるかもしれない。いい加減にやる人はお菓子作りにあまり向かない。

私はそのあたりのことを、大学卒業した後すぐに勤めたケーキ屋さんで叩《たた》き込まれた。

「かしこまりました」

三番目のお兄さんは、すごくびっくりした顔をしていたけれど、嬉しそうに笑った。

嫌《いや》な笑いじゃなかった。

だから私も、釣《つ》られてちょっとだけ笑った。

私が彼に『兄』と呼びかけることはたぶんない。心の中でお兄さんと呼んでいるのは、単なる呼び名で、肉親だと思っているわけじゃないから。

でも、血のつながりとかそういうことを関係なく接する分には、いい人だと思う。

「妃殿下は、甘《あま》いものがお好きなのですか？」

「はい」

おいしいお菓子は幸せな気分にしてくれます。

そう言うと、三番目のお兄さんはかわいいなぁという風に笑った。

中身は私のほうが年上なんですけどね！

（まあ、この見た目だから仕方ないか……）

お菓子なんてそれほどかさばらないから、何かのついでに持ってきてくれればいいな、くらいに思ってた。お兄さんが実家に帰って、戻ってくるときとかにね。

だからもし、彼がお菓子のことを忘れてしまったとしても、私はまったく気にしなかっただろう。

翌日、朝起きたら、居間には献上品が積まれていた。

本当に山だった。

「……今日はこれで一日終わるわね」

「そうですね」

私とリリアのため息をよそに、侍女《じじょ》達はあぁでもない、こうでもないと楽しげだ。

荷解《にほど》きをしながら一つ一つをチェックするのは、ショッピングの後、家でワクワクしつつ袋《ふくろ》を開けるのとちょっと似てる。

ここまでの量だと、だんだん、引《ひ》っ越《こ》し荷物の片付けみたいな気がしてくるけど。

「服地から開けましょう」

「えー、小物からですよ、小物！　細かいものを先にやらないと絶対に後で面倒《めんどう》になりますから」

うん、ジュリア、それは正しい。

でも、私はもうすでに面倒になってるよ。

今回は服飾品《ふくしょくひん》が多いので侍女達はちょっと興奮気味。

私はもう、この『空の瞳』の続きだけで大満足なんですけど……。

「妃殿下、この飾《かざ》り紐《ひも》の模様、すごい凝《こ》ってます」

「綺麗《きれい》ね。たくさんあるの？」

「三十巻くらいあるみたいです」

飾り紐っていうのは細い組紐《くみひも》だ。鮮《あざ》やかな色合いで模様が織《お》り込まれていて、模様にもたくさんの種類がある。

髪を飾ったり、服の飾りに使ったり、贈り物のリボンにしたり、それから、本のしおりがわりに使ったり、と用途《ようと》はさまざま。

模様が細かいほど高価とされていて、私に献上されたもののように小花柄《こばながら》になっていたり、グラデーションや、市松模様《いちまつもよう》のものもある。

「なら、好きなものを二巻ずつ取っていいわ。後は書斎《しょさい》の小箪笥《こだんす》にしまっておいて」

「「「ありがとうございます」」」

　この子達も自由に外に出られる立場ではないから、何かもらうたびに少しずつ分けてあげることにしている。リリアにあげすぎだと注意されない程度に。この加減が難しい。

　外出はできずとも、彼女達は王宮内であれば比較的《ひかくてき》自由に過ごせるようで、時には本宮の食堂に食事に行って、そこで仕入れたいろいろな話を聞かせてくれる。

　いつか、侍女ぶりっこして職員の食堂に行ってみたいというのは私の野望の一つだ。……リリアには絶対に内緒だけど。

「妃殿下、ご覧下さい、この織の見事なこと」

「……ほんと、きれいね」

　アリスに見せられた布は、縦糸と横糸の色を違《たが》えているせいで不思議な色合いになっている。

「これはノルックの作品ですわ」

「さすが、エルゼヴェルト」

　ミレディが感嘆《かんたん》の吐息をもらす。

「どうして？」

「ノルックはエルゼヴェルト領にある今一番流行の工房《こうぼう》なのです。でもこの間、王妃殿下のご注文をお断りになったそうですよ。本宮勤めの子に聞いたんですけど」

「…………断るんだ？」

　びっくり。

「正確に言えば、断ったのではなく、三年先まで予約がうまっているのでそれ以降でもよろしければ、と言ったそうなんです」

　リリアが解説してくれる。

「すごい人気なのね」

　普通、王妃殿下から注文が来たら、他をさしおいても受けそうなものだけど。

「ノルックの工房は職人の集団ですから……でも、ノルックの工房がここまで名をあげたのは、エルゼヴェルト公爵家の庇護《ひご》があったからです」

「そうなの？」

「はい。妃殿下に申し上げるのも今更ですけど、エルゼヴェルトは芸術の庇護者として有名ですから……」

　四大公爵家はそれぞれの気質と領地等の特徴《とくちょう》から、武《ぶ》のアラハン、美のエルゼヴェルト、知のグラーシェス、商《あきない》のフェルディスと、言われたりする。

（美のエルゼヴェルトか……）

　最近は、少しずつリリア以外の侍女達とも話すようになっていて、リリアからは聞かないような話を聞いたりする。アリスからは実家のある北部の冬の厳しさを、ジュリアからは王都の貴族の生活ぶりを、ミレディからは牧場の話を聞いた。最初は戸惑《とまど》っていた彼女達も、今では私が話すことにすっかり慣れつつある。

「この縦糸の蒼色《あおいろ》は王太子殿下と妃殿下にしか使えないんですよ。王太子殿下の禁色《きんじき》なんです」

「きんじき？」

「はい。王家の銀色が『ディア』を名乗る王族しか使ってはいけないように、国王陛下と王太子殿下には禁色が定められています。ご本人以外は妃である方しか使えない色です」

「……国王陛下の禁色って？」

「陛下が正装の際にお召しになる上衣の色……翡翠青《ひすいあお》と呼ばれるあの青色ですわ」

「……王宮の尖塔《せんとう》の旗の色や国旗の色？」

「そうです」

納得《なっとく》。そういえば、各公爵家にも決まった色があったっけ。

「これで、正装用のガウンを仕立てられる？」

「公式のでございますか？」

「そう。使うレース類をすべてエルゼヴェルトの水色で。デザインはまかせます」

「……畏《かしこ》まりました」

ドレスは正式の場合、ガウンと言う。ドレスと呼ぶ場合は私的なものという意味合いが強い。

リリアはちょっと考えてうなづいた。

事情が事情だったので、これまで私と実家とのつながりは皆無《かいむ》に等しかった。が、ここにきて少しずつ歩みよる気配がある。

父である人がその事実を政治的に利用しようともかまわない。

でも、それが彼の本当の目的ではないことを私は知っている。

――贖罪《しょくざい》。

彼は一度は捨てた娘に、贖《あがな》いを求めていた。

赦《ゆる》されることがないのをわかっているのに。

瞳を合わせた一瞬《いっしゅん》で、私は彼のそれを知り、彼は私が知ったことを知ったのだ。


「……お疲れになりましたか？」

「……ちょっとだけ」

私は紅茶のカップを受け取る。蜂蜜を垂らしたハーブティー。後味がさっぱりしている。

献上品チェックは、途中《とちゅう》、簡単な昼食を挟《はさ》んで夕方近くまで続いた。

それだけ数が多かったということだ。特に多かったのは衣装《いしょう》を作るための布類。それも手が込んだ染めや刺繡《ししゅう》入りのものが大半だ。こちらの布は手織りが基本だから、とても高価で、ガウン一着分だけで一財産になるようなものもざらだ。

「そういえば、アクセサリーとかはなかったね？」

「そういった装飾品《そうしよくひん》を本格的に着用するのは、花冠《かかん》の儀《ぎ》以降になります。妃殿下は次のお誕生日で花冠の儀を行いますから、それ以降はきっとすごいですよ」

花冠の儀というのは貴族の女の子の通過儀礼《ぎれい》の一つ。貴族男性だと、これが帯剣《たいけん》の儀となる。

あちらの昔で言う元服《げんぷく》や裳着《もぎ》にあたるもので、男女ともに十三歳から十八歳の誕生日の間に行われる。この儀式《ぎしき》が終わると貴族の子女は、成人したとみなされる。

本来は父であるエルゼヴェルト公爵の手によって行われるものだが、私の場合は既に婚《こん》姻《いん》しているので、夫であるナディル王太子がそれを行う。

「そうなんだ」

「妃殿下には、亡《な》き母君と祖母《そぼ》君から受《う》け継《つ》いだ宝飾品《ほうしよくひん》がたくさんあります。エフィニア王女のお母上であるエレアノール王妃は美貌《びぼう》で知られたリーフィッドの公女《こうじよ》で、リーフィッドはそういった細工物で有名な国なんです」

だから私の相続した品の中には、大陸中に知られたような逸品《いつぴん》も幾《いく》つかあるそうだ。

「管理は王太子殿下がなさっております。なまじこちらに置いておくことで、それを狙う賊《ぞく》が入るのは望ましくありませんから」

「なるほど」

「エフィニア様やエレアノール王妃《おうひ》のティアラもございますが、妃殿下が花冠の儀で用いるティアラは、当然、王太子殿下がリーフィッドに注文済みです」

「生花の花冠じゃないの？」

花冠の儀は、白い花を基調とした生花で作った花冠で行うのが一般的《いっぱんてき》だ。

「それは貴族の娘の場合です。妃殿下は『ディア』でいらっしゃいますから、花冠の儀のティアラは銀で作ったものになります」

「へえ……。でも、十三歳ってちょっと早くないかしら？」

儀式が許されるぎりぎりの年齢《ねんれい》だ。

「妃殿下の場合、正式な結婚の儀を早く執《と》り行いたいと誰もが思っておりますから、仕方がないですわ」

王太子殿下のご意向もありますし、というリリアの言葉に私もうなづく。

何がなんでもすべて従わなければいけないっていうわけでもない。でもわからないことが多い私自身よりも、ナディル殿下の意向に沿うほうが正解だと思うの。

（いろいろと秘密主義なところのある方だけど）

「姫さま、こちらの果実酒や蜂蜜なんかは厨房《ちゅうぼう》に届けてきますね」

アリス達は、お菓子は好きだが、その原材料にはあまり興味がないらしい。

「待って。それ、残して」

「え？」

「それと、そっちの小部屋を使いたいんだけど」

「妃殿下？」

リリアが首を傾げる。

隣《となり》には、日常的にはあまり使っていないけれど、来客があれば必要になるかもしれない椅子《いす》などを置いている小部屋がある。

「大きいテーブルは残しておいていいから、絵とか椅子だけどこか別の場所に移して、あと絨毯《じゅうたん》も外してしまって」

「妃殿下、何を？」

「せっかくだから、お菓子を作る時の作業部屋にしようと思って……いつも掃除《そうじ》が大変だから。気をつけているけどどうしたって粉は舞《ま》うし……絨毯のない場所があればいいなって思ってたの」

王太子妃宮にも厨房《ちゅうぼう》はちゃんとあったそうだけど、以前、やはり毒殺未遂《みすい》事件だか何だかがあって閉鎖《へいさ》され、潰《つぶ》してしまったらしい。

せめて作業場だけでもあれば、だいぶ楽だなって思っていた。ちょっとした食品庫も兼《か》ねて。そうすれば、シロップ漬《づ》けとか酢漬《すづ》けとか作れるし……庭にベリーがなっている場所もあるってシュターゼン伯爵《はくしゃく》が教えてくれたから、ジャムとかも作りたい。

「ねえ、リリア。また今度、お菓子焼いていいでしょう？　伯爵や皆に差し入れしたいわ、ついでに王太子殿下にも」

私はにっこりと笑う。王太子殿下って言っておけば、リリアが反対しないだろうという目算もある。

「………妃殿下、その場合は、まず王太子殿下に差し入れをしたいとおっしゃって下さいませ。主客が逆転しております」

王太子殿下が最優先に決まってるじゃないですか！　ともっともな指摘をされた。

「はーい」

そうか、王太子殿下をついでにしたらいけないのか。次から気をつけよう。

「騎士達に手伝いを頼んで、妃殿下のおっしゃるようになさい」

リリアが皆に言いつける。

「「「はい」」」

三人は乗り気な顔でうなづいた。絨毯の掃除は大変だもんね。

「妃殿下」

「はい？」

改まった口調で呼ばれた。……まだ、何もしてないよね？　私。

最近、本当に容赦《ようしゃ》ないんだよ、リリア。

覚えていないせいで、こちらの常識からすると時々とんでもないことをしてしまう私が悪いんだけど。

「……妃殿下は、王太子殿下のことをどう思われてますか？」

「どういう意味？」

「お好きですか？　ということです」

「好き嫌いを言うほど知らないわ。……でも、別に積極的に嫌いなわけじゃない。怖《こわ》いと思うことはあるけれど」

うん。案外いい人かもしれないと思っているよ。手離《てばな》しで良い人だとも言えないけれど。

実は気遣《きづか》いの人である殿下は、あれから何度かお茶に招いてくれた。そうやって、一緒《いっしょ》にすごす時間が増えるにつれ、これまで知らなかった殿下のことをひとつずつ知ってゆく。

意外にかわいいところあるんだなって思ったり、底知れないところに気付いてまた怖くなったり。

「怖くても嫌いではないんですか？」

「うん」

怖いのは、まだわからないことがたくさんあるから。

時折、殿下が見せる空《から》っぽの笑《え》みとあの眼差《まなざ》しの理由を、私は知らないのだ。

やさしい口調なのに、どこかひやりとした響《ひび》きを持つ声音《こわね》の理由も知らない。

私は、彼をほとんど知らない――――ただ、彼といると胸の奥が痛む。

それは、私が知らない痛みだ。

(これはきっと、アルティリエの心の痛み)

「どうして、そんなことを？」

「いえ。妃殿下にはできれば、王太子殿下と良好な関係を築いていただきたいと思っておりますので……」

「それは勿論《もちろん》だわ。夫婦《ふうふ》なんだし」

王族の結婚なんて、所詮《しょせん》政略なのだ。それに、生後一年だかですでに正式な婚姻が結ばれている身だ。離婚《りこん》なんて認められないと思うのよ、基本的に。

だったら、関係は良好な方がいいにきまってる。

それに、思いっきり打算的で申し訳ないのだけど、私がここで安全に暮らせているのは王太子殿下のおかげだ。彼の庇護下にあるからこその安全であり、日常生活だ。これを失うわけにはいかない。

「ならば、積極的に殿下と共に過ごす機会を設《もう》けていただきたいのです」

「なぜ？」

「平たく言ってしまえば、王太子殿下のお心を摑《つか》んでくださいということです。それが妃殿下の安全確率をあげるので」

「…………今以上に？」

今だって充分《じゅうぶん》守られてると思う。

「義務と積極的な意志との間には違いがあると思いませんか？」

「確かに」

それはそうだ。

「それに、王太子殿下と仲良くなることにデメリットはないと思うのです」

「うん」

なんでもメリット、デメリットで考えるのは世知辛《せちがら》いけど、リリアの言うことはよくわかる。

でも、そういういろいろな事情をすべて抜きにしても、ナディル殿下は興味をひく人だ。

今の私は彼をあまり知らないのに、だいぶ好意を持っている。

（ちょっと気詰《きづ》まりではあるけれど、上司としてはかなり良いと思う）

仕事がデキるところも素晴《すば》らしいし、話に聞くだけだけど公私混同をまったくしないタイプだというのも良い。

（恋人と考えるのは、正直遠慮《えんりょ》したいかなって思うけど、夫としては悪くないと思う）

恋人にするには、ちょっとマイナス点が多い。わりと強引《ごういん》なのと、上司ならば我慢《がまん》できる言葉の端々《はしばし》の棘《とげ》も、恋人に言われるのは絶対にイヤ。

でも、夫としてなら我慢できる範疇《はんちゅう》だと思う。――――たぶん。

(とても打算的だけど、何といっても夫に求めるのは安定だし)

財力とか社会的地位という意味では、ほぼ満点に等しい安定度があるだろう。

「あと、こう言うと何ですけど……また、何かしらの動きがあるかもしれません」

リリアは後半を声を潜《ひそ》めて囁く。

「こちらに戻って、これといったことはおこっておりません。……そもそも、これまでも宮中では、姫さまがお怪我《けが》をなさったりというような直接的なことはなかったのです」

「そうなの？」

「はい」

リリアははっきりとうなづく。

「エルゼヴェルトの城であったようなことは、おそらくこちらではおこらないでしょう」

なぜこんなにもリリアが自信たっぷりに言い切れるのかわからなかった。でも、リリアは私には知らない何かを知っていて、だからこそこんなにも自信があるのだ。

「……それに、結局のところ、全ては王太子殿下のお気持ちに集約されるのです」

「どういう意味？」

「姫様の御身《おんみ》の無事も、安全な日常も、すべて王太子殿下のお考え次第《しだい》ということです」

だ。

「まるで、所有物みたいね」

「言葉を飾らずに申し上げれば、その通りです」

別にこの国での女性の立場や地位がことさら低いわけではない。単に私に限ってのことだ。

「……僭越《せんえつ》ながら、私は、妃殿下に幸せになってほしいと考えております」

「しあわせ……？」

「はい。妃殿下は、別の男性を選ぶことができませんから」

そうだね。新たにどうしようもない政治的な理由が発生してやむをえない限り、離婚はないだろうし、その場合もたぶん私に選択権《せんたくけん》はない。

「そうはいっても、私が殿下にしてあげられることは少ないよね？」

子供だから、せまるってわけにもいかないしね。

（……良かった、子供で）

「勿論今の妃殿下に夜這《よば》いは無理ですし、王太子殿下はお酒に強いですから酔《よ》わせてどうこうもできません……」

「ムリ、ムリ、絶対ムリ」

リリアさん、恐《こわ》いこと考えないで下さい。それ、どっちにしても私には無理だから。年齢的な問題とかじゃなく、スキル的に。

「王太子殿下は女性に迫《せま》られた時、シラけた顔で痴女《ちじょ》の痴態《ちたい》を見るような表情で一瞥《いちべつ》するか、あの絶対零度《れいど》の眼差しで一刀両断するか、もしくはにこやかな笑みを浮《う》かべて無慈悲《むじひ》なお言葉で切り捨てます」

「……どれもいや」

そもそも、手練手管《てれんてくだ》とか女の武器の使い方とか……私にはそんな能力のもちあわせがないよ。かつての三十三歳の記憶《きおく》があってもそれは不可能なミッションだ。

「……そもそも、私に出来ることって言ったら、一つだけでしょう」

そう。一つだけ。

脳裏《のうり》に浮かぶのは、最初のお茶会での初めて私を見たかのようなあの顔だ。すでに成人過ぎの大人の男性がするにはあまりにも邪気《じゃき》がなく、普段の殿下からは想像のつかない表情だった。

それを、もっと見たいと思った。

「まさかお料理、ですか？」

「うん。まずは、毎日おやつの差し入れでもしようかと」

（おいしいものを食べるとき、人は自然に笑顔になる）

殿下の笑顔を、見てみたいと思った。

「……王太子殿下のためですからね。護衛のためでも、侍女のためでも、ましてやご自身のためでもありませんからね」

「わかってます」

さっきの発言を根にもってるなぁ、リリア。

苦笑《くしょう》しながら、私はぐっと拳《こぶし》を握《にぎ》り締《し》める。

（……もっと、王太子殿下のことを知りたい）

まずは情報収集から。これ、鉄則。何をするにしても、事前リサーチは大事。

私の場合は、リサーチの対象は王太子殿下だ。おいしいと思ってもらうためには――――胃袋《いぶくろ》を握《にぎ》るためには、好みを知らないと駄目《だめ》だもの。

（わりと良い作戦だと思うんだよね、胃袋摑むっていうのは）

食にこだわりがないという王太子殿下が相手なのが、作戦の難易度《なんいど》をものすごくあげてるけど。

こうして、極秘《ごくひ》の『王太子殿下の餌付《えづ》け作戦』……リリアに作戦名は絶対に口にしないよう念を押された……は、スタートした。


大理石が剝《む》き出しになった作業部屋の中央には大きなテーブル。その上には、大理石製の作業板。壁《かべ》には空になっている本棚《ほんだな》や戸棚《とだな》が幾つか据《す》え付《つ》けられている。

大半が空っぽだけど、昨日もらったばかりの蜂蜜とかお砂糖とか果実酒は既におさまっていて、ピカピカの銅製のボウルもたくさん重ねて置かれている。薄《うす》く打ち出されている美しいカーブ……これが工業製品ではなく、手作りであることに驚きを覚え、同時にその職人技《しょくにんわざ》に感嘆した。

「おお、すごい」

「必要なものは少しずつ揃《そろ》えるようにしますので」

「うん」

嬉しいな。厨房ではないけれど……私の作業場だ。

居間で生み出したクッキーやシュガーパイ、それから、侍女に間違えられながら——私は自分で侍女だなんて名乗ってないよ、念の為——厨房に入り込んで作ったパンケーキサンド等々を思い出す。

これでもう、高そうな絨毯に手洗い用の水や小麦粉がこぼれることを気にしなくていいし、厨房の黒ずんだ大理石の作業台を力いっぱい磨《みが》き上げてから使わなくてもいい。

そっとテーブルを撫《な》でる。嬉しい。人目がなければ頬擦《ほおず》りしたいくらい。

「今、ヴィグザム卿とレイエス卿が材料を運んできてくれますので」

「ありがとう」

「今日は何を作るんですか？　妃殿下」

「パウンドケーキです」

なんかたどたどしい英会話の練習みたいな会話だけど気にしないでほしい。あんまりしゃべりすぎないように気をつけてるの。ボロ出すと困るし。

「えーと、妃殿下、あの、焼き損《そこ》ないとかあったらいただいてもよろしいですか？　……本宮の女の子達もぜひ一度食べたいって言っていて……羨《うらや》ましがられたんです」

アリスが一生懸命《いっしょうけんめい》つっかえながら言う。

リリアの方に視線をやる。私では判断がつかないから。

リリアが大丈夫《だいじょうぶ》です、というようにうなづくのを目の端《はし》で確認《かくにん》する。

「いいですよ。……ジュリアにもミレディにもあげますね」

「あ、ありがとうございます、妃殿下」

「「ありがとうございます」」

二人も嬉しそうに笑う。

「頑張《がんば》って手伝って下さい。今日は護衛隊の皆さんにも日頃《ひごろ》の感謝をこめて差し入れたいと思っているので」

「「はい」」

きっと王太子妃宮に勤めていることを羨ましがられたのなんて初めてだっただろう。危険だから入れ替わりが激しいってリリアも言ってたし。

そういえばこの間、厨房でパンケーキサンドを作っていた時に、私をただの侍女だと勘《かん》違《ちが》いしている料理人達が言っていた。

西宮《にしのみや》……王太子宮と王太子妃宮のある一角……は、王宮中で一番キツイんだって。

王太子殿下は静寂《せいじゃく》を好む方なので、大きな音を立てると殿下の家令のファーザルト男爵《だんしゃく》がすっとんできて怒《いか》り狂《くる》うし、化粧品《けしょうひん》の匂《にお》いがお嫌いで、下手《へた》に香水《こうすい》の香《かお》りなどをそのあたりに漂《ただよ》わせていると大層不機嫌《ふきげん》になられるのだという。

だから、夜会に出席した日の殿下は大変らしい。

その上、携帯糧食《けいたいりょうしょく》で食事を済ませてしまうくらい食べることにこだわりがないくせに、お茶やコーヒーの味が気に入らないと、以降口をつけないんだという。

無言の圧力……そっちのが怖いよね。文句を言われた方がまだ直しようがある。

西宮では、殿下におかわりを申し付けられれば一人前と言われているんだって。

もちろん殿下だけではない。妃殿下……つまり、以前の私も困ったもので、女官の出入りがなければ本当にそこにいるのかわからなかったと言う。

殿下にはまあちょうどいい妃なのかもしれないが、せめて妃殿下には華《はな》やかで明るくてもらわないと、西宮中が死に絶えたように静まり返っちまう、と皆は口々に言った。

確かにそれは一理ある、と思ったけど華やかにするってどうすればいいのだろう?

何を話し掛けても姫殿下は無反応だからあんたも大変だろう、なんて同情されてしまった。笑って誤魔化《ごまか》すのは、現代日本人の習性《しゅうせい》だ。

でも、いろいろ言われたから言うわけじゃないけど、厨房の人達、正直いってあんまり質が良くないと思う。悪い人達だとは思わないけど、休憩中《きゅうけいちゅう》だからって、厨房内で煙草《たばこ》吸ってる人がいたのには驚いた。

自分で巻いた紙巻煙草のような煙草。こちらでは煙草はそんな高価なものでもないようだ。平民である彼らが気兼《きが》ねなく嗜好品として手が出せる値段らしく、半分くらいの人が吸っていた。

王族や貴族でも好む者が多いそうで王宮にも喫煙室《きつえんしつ》があるというし、陛下が気軽に使用人に軽い褒賞《ほうしょう》としてくださる下賜品《かしひん》にも煙草があるそうだ。

……私的には、煙草はありえない。

煙草って味覚を狂《くる》わせるし、手に臭《にお》いがつく。料理人はそれを嫌う人が多い。

まあ、個人の嗜好だし、煙草の好きな料理人だっているけど……でも、厨房では絶対に吸っちゃだめだ。

厨房は人の口に入るものを作る場だ。万が一にでも灰を落とすわけにはいかない。異物混入は恥《は》ずべきことなのに、その認識《にんしき》もない。

下働きの子達は一生懸命だけど、実際に作っている料理人達に自覚がないのはどうかとしかった。

思う。結構文句を言っていたけど、今思えばエルゼヴェルトのお城のほうがごはんはおい

「姫さま、いかがされました？」

「んー、もしかしたら、王太子殿下の主食が携帯糧食なのって、興味がないってだけじゃなくて、あんまりごはんがおいしくないせいかなって……あ、でも、王太子殿下が拘《こだわ》らないから料理人の腕があがらないのか……」

料理人を育てるのは客だと言うけれど、これは本当にその通り。おいしいと言われれば料理人は頑張るし、味が濃《こ》かったと言われれば何故《なぜ》かを考える。

先輩《せんぱい》のところのバーで週一とはいえ、お客様と直接対面しながら作っていたことは、私にとって何よりの修行《しゅぎょう》になった。食べている人の意見が直接聞けるから。

基本、プロの料理人の味はそれほどブレない。材料によって多少塩を減らしたりとかはあるけど。味が同じでも、食べる人の体調次第でおいしく感じるかどうかというのは変わってくる。どれだけ食べる人に味を添《そ》わせることができるか……それを生で勉強させてもらったことは私の財産だ。

「どちらが先かはわかりませんけど、確かに王太子宮の料理人の腕はあまり良くないです。だから、あの子達は本宮に食べに行くのを楽しみにしているんですよ」

いいなぁ、アリス達。私も本宮のお料理食べてみたい。

まあ、おしゃべりも楽しみなんだと思いますけどね、とリリアは笑う。

「正直、腕の問題だけじゃないんだけど……。でも、王太子宮の料理人に、私がどうこう言うことはできないのでしょう？」

私に権限があれば隅々《すみずみ》までお掃除をするのに!!　とりあえず、使う予定のあるオーブンは徹底的《てっていてき》に磨き上げたけど、他のところは見て見ぬふりをしました。ごめんなさい。

後でリリアにオーブンの掃除など妃殿下のすることじゃありませんって嘆《なげ》かれたけど、あのままでは絶対に使えないから仕方がなかったのだ。

「はい。残念ですが彼らは妃殿下の料理人ではございませんので、妃殿下がクビにするわけには参りません」

「ですよね」

予想はついていた。

「妃殿下、材料が揃いました」

「ありがとう」

「他に何か力仕事はございますか？」

「いえ、大丈夫です。ありがとう」

木箱を運んで来た赤茶けた短髪《たんぱつ》のヴィグザム卿と、黒髪《くろかみ》を肩のあたりで切りそろえたレイエス卿はどちらも二十代半ば。私の護衛達の平均年齢は三十ちょっとくらいなので、彼らはやや若い方になる。

だが、近衛《このえ》全体からすると彼らは中堅《ちゅうけん》どころだ。

普通のステップを踏《ふ》むならば、十二歳過ぎで従騎士となり、早ければ十八歳前後、遅くとも二十二歳くらいから二十五歳くらいの間で騎士の叙任《じょにん》を受ける。彼らはどちらも十八歳になると同時に騎士になったという逸材《いつざい》だ。すでに五年以上、その任にある。

リリアの説明によれば、王太子殿下は私がエルゼヴェルトに里帰りするにあたり、護衛の人数を通常どおりにおさめたものの、能力的には厳選を重ねたのだと言う。

その全員が私に剣を捧げてくれたことは、私にとっての幸いだ。

だが、申し訳ないと思うのは、『私の護衛』という仕事は彼らにとってあまり甲斐《かい》のない仕事であることだ。

いずれ報《むく》いることができればいいけど。

「パウンドケーキを作るんですよね？」

「はい」

手際《てぎわ》よくミレディが作業台の上に材料を並べる。

小麦粉とバターと卵と牛乳……ナッツ類と乾燥《かんそう》果物類は欠かせない。それから、砂糖と樹蜜《じゅみつ》。円錐状《えんすいじょう》の砂糖は専用のペンチで崩してから使う。樹蜜というのは北に自生するカリスという樹木から採れるどろりとした琥珀《こはく》の蜜液《みつえき》。樹蜜のあの独特の香りはメープルシロップによく似ている。主《おも》に北部地域で採れるんだけど、地域によってだいぶ味が違う。

今回作るのは、ケーキの基本の一つ——パウンドケーキ。味のバリエーションもいろいろあるし、シフォンケーキやスポンジケーキに比べれば失敗もしにくい。

型に使うのは食パンの型。こちらの食パンはあちらの世界に比べると二回りほど小さいので、パウンドケーキの型にも応用できる。

「草蜜はよろしいのですか？」

草蜜は甘い蔓草《つるくさ》から抽出《ちゅうしゅつ》したさらりとしたシロップ。これはちょっと青臭《あおくさ》さがあるけど、柑橘類《かんきつるい》の汁《しる》とあわせて飲むとおいしい。

「うん。今日は使わない」

「妃殿下、昨日の壺《つぼ》です」

アリスとジュリアが壺を運んできてくれる。これは、昨日下拵《したごしら》えしておいたもの。薄い白磁《はくじ》の蓋《ふた》つき壺の中身は、檸檬《れもん》の蜂蜜漬けとブランデーに漬けた乾燥果物。乾燥果物は、軍の携帯糧食にも使われているということで、種類も結構ある。

その中から、柔らかめの果肉のものを選んだ……アプリコット、プルーン、ブドウは三種類もあるの！

あー、なんか、ウキウキしてきた。

「殿下の好みがまだわからないのだけど、殿下はブランデーはお好きかしら？」

「お好きです。お酒には強いですから」

よし。なら平気。

「ならば殿下の分はブランデーを利かせたものを作ります」

ブランデーをたっぷり使ったパウンドケーキは、甘いものをあまり好まなくてもお酒が好きな人ならおいしく食べられるから。

「……………んー、とりあえず、小麦粉は三キロふるって下さい」

本来、三キロはちょっと多いと思うよ。でも、こっちのオーブンの性能（焼く担当の料理人の腕込み）は、ムラがあるのだ。

ちょっと焦《こ》げたり、焼きすぎた失敗作は、これまで作ったもののように護衛の騎士達が喜んでひきとってくれるだろう。

（殿下には、完璧《かんぺき》な成功作をさしあげるんだから！）

シュターゼン伯爵は甘辛両刀《あまからりょうとう》だし、伯爵の副官のロバートさんは超がつく甘党《あまとう》。一番最初にクッキーをあげた時には涙を流してもう一度剣を捧げてくれたくらいだ。

基本的にこちらの人はお菓子は甘ければいいと思っているらしく、砂糖の量がおかしいものが多いんだけど、これを機に、『適切な甘さ』とか『素材のおいしさ』というのも知ってほしい。

「オーブンを一台、一日中使えるように手配してあります」

「ありがとう、ミレディ」

ミレディは、先日女官《にょかん》の見習いになることを決めたと聞いた。そのせいかリリアがびしばし教育していて、こういうところでも率先《そっせん》して気を回してくれるようになった。

侍女には、王宮で礼儀《れいぎ》作法を学び、王族の身近に仕えたことを箔《はく》とするのが目的の花嫁《はなよめ》修業《しゅぎょう》タイプと、あちらでいうところのバリバリのキャリアウーマン、王族にそれぞれの職能をもって仕え、女官を目指すタイプとがいる。

アリスとジュリアは前者で、数年のうちに結婚退職ということになるだろう。貴族の子女はだいたい十六歳前後で婚約を決め、二十歳《はたち》くらいまでに結婚するのが普通だ。ちなみに二人とも、もう嫁入り先は決まっているらしい。

ミレディは女官になると決めたことで、決まっていた婚約を保留にしたという。女官の結婚は禁じられてはいないけれど、王宮で主《あるじ》に仕える以上、まともな結婚生活は難しい。

「さて……じゃあ、はじめましょう」

私はにっこりと皆に笑う。

今日着ているのは薄いピンクの飾《かざ》り気《け》のないワンピース。それに、侍女達とお揃いのエプロン。髪もきちんと三角巾《さんかくきん》でまとめてある。動きやすくなければダメだよ、やっぱり。

貴婦人に厨房が危険だっていうのはドレスの裾《すそ》とか袖《そで》にいろんなものひっかけるからじゃないかな？

あんなぞろりとした格好で厨房に入るのは確かに危険だ。

「ミレディはその檸檬の皮の砂糖漬けを細かく刻んで。飾り用に……そうですね、四分の一程度は輪切りのまま残しておいてください」

「はい」

「ジュリアは粉を二回ずつ振るってカップ二杯ずつボウルに入れて下さい。アリスはバターをボウルに入れて練りながらこのカップ二杯分のお砂糖と混ぜ合わせて、白くふわふわな感じにして下さい」

指導という意識からか、言葉遣《ことばづか》いが丁寧《ていねい》口調になるのは私の癖《くせ》だった。

「わかりました」

「ふわふわですね」

「ふわふわになったら、卵三個を溶《と》いたものを少しずつ入れて混ぜ合わせてね。これ一番大事です……終わったら、ミレディもアリスを手伝って下さい」

「はい」

リリアと私はその間に型にバターを塗《ぬ》り、それぞれのバリエーションの準備をする。卵と混ぜるところまでいったら、また粉を振るい入れてざっくりと混ぜる。

パウンドケーキは、基本材料の、卵・バター・小麦粉・砂糖が同量と覚えておけばそうそう失敗はしない。

お行儀《ぎょうぎ》が悪いけど、ブランデー漬けの果物を一個つまんでみた。

（お、いい感じだ）

ブランデーが浸透《しんとう》するようにフォークでグサグサしておいた甲斐《かい》がありました。こういう手間の積み重ねが出来上がりをよりおいしくする。

そうそう、このブランデーがね、すごーく良いモノだった。寝酒《ねざけ》にぜひ一口いただきたいって思ったけれど、十二歳のお姫様のやることじゃないのでぐっと我慢した。

十三歳の誕生日を迎えたあかつきには、せめてワインくらい飲めるように根回ししたい。

今日はオーブン担当として、パン焼きを毎日していてオーブンを使い慣れている下働きを二人確保している。私が厨房に入ったときに見所があると目をつけていた人達だ。

実はこれ、私の野望の第一歩。

自分でできないなら、プロのオーブン職人を育てればいい！　という発想の元、職人さんの育成を始めたの。

流れ作業で次々とケーキだねを完成させて型に流し込んでいく。

プレーンと檸檬と樹蜜にレーズン、それから、サギヤの紅茶。今は、セカンドフラッシュ。でも、香りの高さは相変らずでおいしいから使ってみた。

一回目の焼き上がりはまあまあ。

焼き足りないものはなかったけれど、焼きムラがあって、半分くらいはちょっと焦げた。

オーブンの職人さん達を呼び出して状況を聞く。

「焼いている位置で火力が違うのだから、入れ替えをしたり、向きを逆にしてくれればムラもなくなると思いますけどどうですか？」

「ひ、妃殿下のおっしゃる通りだとおもいます」

……うーん、そこまで怯《おび》えなくてもいいのに。

人形姫がアダ名でも、私は本物の人形じゃないんだぞ。

「ならば、そのようにお願いします」

予《あらかじ》め下準備はしていたので二回目の焼きはすぐにはじまった。

殿下に差し上げる二本だけは、全部自分で作ることにする。

ブランデー漬けの果物たっぷりのものといただいた紅茶を贅沢《ぜいたく》に使ったもの。焼き加減はオーブンと職人さん頼みだけどね！

「リリア、紅茶を淹《い》れて頂戴《ちょうだい》。一休みしましょう」

「はい」

コゲたもののコゲの部分を薄く切り落として、一口大に切り分ける。

器《うつわ》は、オリーブグリーンの釉薬《うわぐすり》が綺麗な小さめカフェオレボウル。一口大のパウンドケーキを幾つか盛り付け、泡だてた生クリームにミントの葉を添えれば完成だ。

生クリームを泡だてるのは、本当に大変だった。

泡だて器の原型みたいなものはあるけれど、すっごく使いにくいの！

電動のミキサーが欲しいとまでは言わない。せめてしっかりした泡だて器が欲しい。

あと、銅のボウルは重すぎる……ステンレスってないのかな。薄くて軽いの。

「さあ、召《め》し上《あ》がれ」

「わあ」

「おいしそうです～」

「いただきまーす」

「いただきます」

みんなのこの瞬間《しゅんかん》の顔がすごく好き。

「おいしい」

「すごいです～」

「妃殿下は魔法使《まほうつか》いですね」

「本当においしいです。これならきっと王太子殿下もお気に召すでしょう」

四者四様の感想。笑顔がきらきらしてる。

やっぱり、私はお菓子を作るのが好きだ。

見た目とかで工夫《くふう》するのも好きだけど、この笑顔を見られるのが何よりも嬉しい。

「パウンドケーキは本当は冷めた方がおいしいの。まあ、好みだけど」

だいたい三日くらい寝《ね》かせた方が味が馴染《なじ》んでおいしいと思う。

でも、どうしても焼いてすぐ食べたくなるんだよね。

「リリア、後で、オーブンの人達にこれを差し入れてくださいね」

「わかりました」

オーブン担当の人達にも差し入れをすることにする。

自分達で焼いたものを食べるのは励《はげ》みになるかな、と思って。

「妃殿下、ヴィクザム卿とレイエス卿にはよろしいんですか？」

「……そうですね。二回目が焼きあがったら、護衛の皆さんを交代でお茶にお招きしましょうか」

「「はい」」

嬉しそうだね、アリスもジュリアも。婚約者いるんじゃなかったっけ？

その日は一日、パウンドケーキ・デーになった。

侍女総出でやっているし、シュターゼン伯爵ものぞきにきたりして、何だか一大イベントのようになってしまった。

何回か焼いているうちにオーブン担当の人達もコツをつかんだらしく、最後の焼きあがりは最高だった。

私は二回目と最後の四回目にそれぞれ二本ずつを全部自分で作った。

やっぱり一番出来が良かったのは最後のもの。ブランデー漬けのフルーツケーキの仕上げにブランデーと蜂蜜《はちみつ》をハケで塗りながら、王太子殿下にはそれを差し入れようと思った。

焼きあがったのは全部で三十本。

そのうち八本が、私達のおやつ用。ちょっとコゲがあったり、中に入れた果物の量が多すぎて崩れてしまったものだ。その内の三本はお茶の時間に皆で食べてしまった。

残る二十二本のうち、八本を侍女達で分け、六本が私の取り分で八本を騎士達の詰《つ》め所《しょ》に差し入れ。殿下は六本も食べないだろうと思ったけど、パウンドケーキは保存がきくから、半分は自分の隠しおやつにすればいいかと思い直した。

「……随分《ずいぶん》厳重なのね」

材料を仕舞《しま》う棚《たな》はすべて扉付きで、リリアはそのすべてに鍵《かぎ》をかける。できあがったパウンドケーキをずらりと並べて保管した棚は、扉に鍵をかけただけでなく、紙封までして、更《さら》に取っ手に鎖《くさり》をかけて錠前《じょうまえ》までつけた。

「口に入るものに異物が混入するのが一番よろしくないと怒《おこ》ってらっしゃったのは、妃殿下ですよ」

「そうだけど……」

毒の混入をリリアは恐《おそ》れているのだろう。

「……私、また、狙われる？」

最近、ちょっとのんびりしていて注意が足りなかったかも。

「それはわかりません。私が案じているのは、妃殿下が直接狙われるというのではなく、妃殿下がおつくりになったものから毒が出ることです」

「それは……」

「痛くもない腹を探られるのはごめんですし、用心に越したことはありません。二重に鍵をかけてますし、この作業部屋も毎回施錠《せじょう》します。部屋の窓も鍵はかけていますし、この部屋には隠し通路の類《たぐい》は一切《いっさい》ありません」

目線をやれば、窓の取っ手にも鎖がかかっていて錠前がついていた。

「これだけつけておけば、まず大丈夫かと……。鍵は、妃殿下に玄関《げんかん》と戸棚の一本を、残りを私が持ちます。私のものと妃殿下のものがないと開かない仕組みです」

「わかりました」

リリアの表情はとても真剣《しんけん》で、私にはうなづく以外の選択はなかった。

後片付けが終わった後、私はそのままソファに沈没《ちんぼつ》した。

思っていた以上に疲《つか》れていたらしい。

「……さずとも良い。このまま眠《ねむ》らせてやれ」

男の人の声。耳に心地《ここち》よく、心に響く声。

「しかし、王太子殿下……」

「このままでは姫が風邪《かぜ》をひいてしまいますよ、兄上」

兄？　誰のこと？

「リリア、寝室に案内して。兄上、運んでさしあげて下さい」

誰だろう……。

思考がまとまらない。目を開けようと思うのに、開くことが出来ない。

ふわふわと身体が浮かぶような心地。

暖《あたた》かな気配にそっと縋《すが》りついたら、それは優しいぬくもりだった。

さっきまで何となく寂《さび》しくて、すごく心もとない気持ちだったのにとても安心できる。

(何でだろう……？)

気配がびくりと小さく震《ふる》える。

でも、そのぬくもりを逃《のが》したくなくて、もっとぎゅうっと摑まった。

(……優しい、手？)

ふわりと抱きしめ返された。

（何だか、この気配を知っているような気がする……）

どこかぶっきらぼうなのに、温かで、優しいぬくもり。

「……これは、軽すぎるぞ。もう少し太らせるが良い」

「兄上、太らせるって家畜《かちく》の話じゃないんですから……」

そうだよ、しつれいな……デリカシーな……ぎる……。

言い返したいのに、言葉を紡《つむ》ぐ事もできず、私の意識はそのまま深い眠りの底にひきずりこまれた。


夢を見た。

王太子殿下に、『もっと太らないと食えない』と言われる夢だ。

ここで色っぽい誤解をしないでいただきたい。

その時の私の姿は仔豚《こぶた》だった。

殿下のあの冷ややかな眼差しと、その言葉に恐れおののいている哀《あわ》れな仔豚だったのだ。

「なんか、ものすごくびみょーな夢を見た気が……」

目が覚めたら、自分の寝室だった。

夢で縋り付いた温かな気配がまだ手に残っているような気がして、自分の手を見た。もう見慣れてしまった小さな手を何度も閉じたり、開いたりしてみる。

ここのお姫様ベッドの天蓋《てんがい》の中はまるで海の底だ。これは、『水底の白百合《しらゆり》』という、こちらでは誰でも知っているおとぎ話をモチーフに、海底でゆらゆらと揺《ゆ》れる白百合と、色とりどりの魚が泳いでいる光景が天蓋の帳《とばり》に刺繍されている。話中に出てくる七匹《ひき》いるはずの亀《かめ》を、毎朝探しているけど、まだ、最後の一匹がみつかっていない。

「妃殿下、お目覚めですか？」

「……うん。昨日、途中で寝てしまったのね」

簡素なワンピースだったせいか、そのままベッドに突っ込まれている。

「……あら」

「何？」

リリアの視線の先、枕《まくら》もとにキラリと光るものがある。

「何？」

「王太子殿下のカフリンクスですわ」

リリアの指先が、大きな紫水晶《むらさきずいしょう》と黒真珠《くろしんじゅ》を組み合わせたカフリンクス……いわゆるカフスボタンをつまむ。上品なデザイン……殿下の趣味はシンプルでありながら職人の技術が光る品であることが多い。選んでいるのが本人なのか側近なのかはわからないが、センスがよいのだろう。

「王太子殿下のもの？　なぜ？」

「昨夕、殿下方がいらしたんです。妃殿下を寝台《しんだい》に運んでくださったのは、王太子殿下ですわ」

「…………そのせいか」

仔豚の夢の原因。

「何がです？」

「……何でもない」

殿下に食われる恐怖《きょうふ》に怯えた夢の話なんてしても、たぶんわかってもらえないだろう。

「何の用だったの？　起きなくてまずかった？」

「いいえ、寝かせておくようにとおっしゃったのは殿下ですから……たいした用事ではないとおっしゃっていました。シオン様……ギッティス大司教が同行しておりましたので、おそらくそのせいかと……」

「ギッティス大司教って……リリアの乳姉弟《ちきょうだい》よね？」

「はい。先日のおやつをたいそう気に入ったようで……王宮に滞在中《たいざいちゅう》でしたので、昨日も匂いに釣られて来たのだと思います。一人では来られないから、王太子殿下におねだりをしたのだと……」

「どうして一人では来られないの？」

元王子様なら王宮はどこでもフリーパスじゃないのかな？

「聖職者といえど、殿下のご許可をいただかなければこちらの宮には来られません。ここは一応後宮に分類されますから、成人した男性は出入りを制限されます。護衛が皆、男性の騎士である為に妃殿下はあまり意識したことがないと思われますが」

「そうなの？」

そこまで厳しかったとは知らなかった。

「残念ながら、妃殿下はお寝《やす》みでしたのでお目当てのおやつにはありつけなかったわけですが……」

くすくすとリリアはおかしげに笑う。さすが乳姉弟だ。遠慮がない物言いをする。

「食《く》いしん坊《ぼう》な方なの？」

「ええ。一緒に何回厨房に潜《もぐ》り込んだことか……本宮でのお話ですけどね」

「リリアがそんなことするの？」

「何しろ、一緒に居た方がものすごいいたずらっこでしたから」

よく一緒にいろいろ怒られてましたよ、と笑う。

まだ会ったことはないけれど、ギッティス大司教にはちょっと興味がある。リリアの乳姉弟だし、なにより殿下の弟君でもあるから。

王太子殿下と第二王子のアルフレート殿下って、見た目はあんまり似てない。大司教はどちらに似ているのかがちょっと気になった。

身支度《みじたく》を整え、朝食の時間。今日の朝食はこちらでメニューを指示することにした。パンとサラダ、卵料理、それにハムを焼いたものを添え、スープとヨーグルトにジャムをおとしたものを準備する。

変に工夫を凝《こ》らさなくていいシンプルな朝食メニューだ。毎朝同じものを作っていれば、料理人の腕も上達するはず！　心の中で文句を言っているだけでは状況《じょうきょう》は改善しないから、これは新しい挑戦《ちょうせん》の第一歩だ。

「いかがですか？」

「パンはまあまあ。サラダはおいしいけど卵は焼きすぎ。ハムは油でギトギトすぎる。スープは味が薄い。ヨーグルトとジャムはおいしいと思う」

「……妃殿下」

「私の好みだから、と言えばいいと思うよ？　腕が悪いとは言ってないわ」

「……言ってるのと一緒です」

「角が立たないようにうまく伝えてね、リリア」

私はそっとナプキンで口元を拭《ぬぐ》う。

出されたものは全部食べなさいと教えられてきたし、実践《じっせん》もしてきたけれど、ここでは残す……残したものが無駄《むだ》にならないことを知っているから。

そもそも、この量は絶対に食べられない。メニューがシンプルな朝食メニューだとしても、あちらの世界のように一人分をトレーに載せて運んでくるわけではない。

パンは籠にいっぱいで、サラダもボウルにいっぱい。卵もハムも大皿に一皿ずつ……どれも軽く四、五人前はある。

「でも、残りは厨房の人が食べるのでしょう？　自分達でまずいって思わないのかしら」

「王族としてはかなり質素な部類に入る食事ですが、一般市民にとってはごちそうですから……味は二の次です」

「味は二の次か……そうよね。私が味をうんぬん言えるのは、飢《う》えていないからだもの」

ため息をつく。何度も思うことだけど、私は恵《めぐ》まれている。

「先はまだ長いわ。諦《あきら》めたらはじまらないものね」

私はこれ以上豪華《ごうか》にしろと言っているのではなく、この材料をおいしく調理してほしいと願っているだけだ。だいたい、おいしく食べてもらわないと材料だって可哀想《かわいそう》だ。

「本日のご予定はいかがいたしますか？」

「王太子殿下のご予定はわかる？　よければ、お茶をご一緒できないかお伺《うかが》いして。カフスもお返ししたいし、ケーキもお届けしたいから」

突然の訪問などはあまりしないほうがいいだろう。ただでさえ忙しい方なのだし。

「かしこまりました。すぐにお調べいたします」

リリア、その含《ふく》みのある笑みはやめて。何か恐いから。

「その予定の件と一緒に、近衛の公館に行く許可も取ってきて下さい」

「妃殿下が直接行かれるのですか?」

「はい。……伯爵にお願いしたいこともあるので」

「使いを出しますが?」

「私がお願いするのですから、私が出向きます」

身分とか何とかじゃなくて、それがスジだと思うのだ。

リリアが小さなため息をつく。

「……なぁに?」

「いえ。妃殿下がお人形でなくなったのは嬉しいのですが、下手に行動力があるのも困りものだと思いまして。しかも、おっしゃることがあまりにも正論なので、お止めできなくて困っております」

「これでも、だいぶ遠慮していますよ?」

お姫様ぶりっこしてるんですよ、かなり。

「ずっと遠慮していて下さいませ」

「状況によりけり、ですね」

私は静かな笑みを浮かべ、リリアはため息をついた。

殿下が指定したお茶の時間は、リリアが戻ってきてすぐ。性急だなと思ったけれど、服装チェックだけしてすぐに足を運んだ。元々、しなければいけないことがない私は良いけれど、もしかしたら、殿下の予定を邪魔《じゃま》してしまったのかもしれない。

（至急、会わなければいけないと思われたか、それとも、この時間しか空《あ》いていなかったのか……駄目なら駄目で明日でも良かったのに）

王太子殿下の宮は、相変らず静寂《せいじゃく》に包まれていた。

私が案内されたのは、先日と同じ部屋。殿下は、もう白薔薇《しろばら》が咲《さ》いていない庭をぼんやりと眺《なが》めていた。

「おはようございます、殿下」

「おはよう」

ゆっくりと殿下が私を見る。あれ、もしかして不機嫌なのかしら？　何でだろう？

「昨日はすみません。寝入《ねい》ってしまって……」

「いや。格別の用事があったわけではない」

うん、やっぱり不機嫌だ。いつも通りのように見えるけど、声のトーンと表情で何となくわかる。

（おお、殿下のご機嫌《きげん》がわかるなんて、なんか夫婦っぽいかも）

殿下とお茶をするときは、いつも同じ部屋で同じ席――青い色調の居間の一番端の窓際《まどぎわ》に設《しつら》えられたテーブルと決まっている。

（今は花も何もないけれど……）

でも、何となくわかる。

この窓からのこの景色は、一枚の絵なのだ。

季節折々、あるいは、一日の時間の移り変わりが少しずつこの風景に違う色彩《しきさい》を与える。殿下は、それを見るのを好んでいるのだと思う。

「外出を希望していると聞いたが……」

なるほど、それがひっかかっていたのか。それで、その外出の希望をさし止めるために朝のお茶なんだね。私としては午後に時間をとってもらえればいいと思っていたから、朝すぐの時間を指定されたのはちょっと意外だった。

（でも、殿下だったら一方的に駄目だって言って終わりかと思っていたのに……偏見《へんけん》かもしれないけれど）

もしかして、こうやって話してくれるのは私に対する気遣いなのかしら。

殿下を見上げる。まっすぐと私を見た蒼の瞳が、戸惑いに揺れた。

（これって、私が黙っているから困ってる？）

「近衛の公館へ行こうと思いまして……シュターゼン伯爵にお願いがあるのです」

「願い？」

「はい。……私の家庭教師であったルハイエ教授が亡くなられてから、次の家庭教師がまだ決まっておりませんので……伯爵にお願いできないかと」

シュターゼン伯爵は武人でもあるが学者《ヴェラ》でもある。当然、私の家庭教師をすることができる。伯は私に剣を捧げているのだから命じればいいのだけれど、やはり、教えてもらう身としてそれはちょっとどうかと思うので、直接依頼《いらい》をしようと思ったのだ。

「何か知りたいことでも？」

「はい。いろいろと、たくさん」

にこやかに答えると、殿下はちょっと首を傾げる。

「……例えば？」

「例えば、食用のチーズが何種類くらいあるのか、とか」

「チーズ？」

「そうです。柔らかいものや固いもの、白いものもあればオレンジ色のものもあります。原材料……乳牛や水牛やヤギの乳であるかなどでも違いがありますよね。あと、製法によってもいろいろと違います。味はもちろんのこと、保存できる期間、使い方、お菓子に使うものと料理に使うものではまったく違います」

「…………そうだな」

何？　その、困惑《こんわく》した表情は。

「別にチーズに限ったことではないです。食べ物って地方ごとに特色がありますよね」

「ああ」

「そういうのを、知りたいんです」

何があって、何がないのか。個人的にはとっても大事。

「……知ってどうするのだ？」

「食べてみたいのです」

にこにこと私は愛想の良い笑顔を向けた。

殿下の戸惑いはさらに深まったのか、軽く眉根《まゆね》を寄せる。

(ここであきらめるわけにはいかないのです)

探している食材があるのだ。

まず一番に探しているのは、カカオ。

コーヒーがあるなら、カカオだってあるはずだ。

それから、サツマイモ。スイートポテトを作りたい！　それにさつまいもは痩《や》せた土地でもできる作物だから、いざという時にもきっと役に立つ。

あと、もし見つかれば蕎麦《そば》とワサビ！

「それで？」

「例えば、寒冷地や痩せた土地でも育つ作物がわかっていたら、それを他の地域の似たような土地で栽培《さいばい》することも可能だと思います」

「……なるほど、それはおもしろい考えだ。その土地に適した作物を作ることが出来れば、少なくとも飢えることはない」

「はい。……それに、あくまでも小麦に拘《こだわ》るなら、それらを売って小麦を買ってもいいわけです」

「ああ」

大切なのは、安定した生産高を得ることだ。

「あと、お酒やお茶って地域によって風味が違いますよね。同じ麦酒《ばくしゅ》でも北部と南部ではまったく違います。芋《いも》で仕込《しこ》むお酒や、麦で仕込むお酒や、米で仕込むお酒……いろいろあります。きっと誰もが地元のものが一番だと言うでしょうが、それぞれがそれぞれにいいところがあると思うのです」

「そうだな」

ダーディニアは広く豊かな国だ。

国土が広いせいで、それぞれの地域では文化も習慣も気質もまったく違う。南部と北部など同じ国とは思えないほど違うし、東部と西部もまた違う。

建国時のいきさつから多様な民族を内包する国家だが、それゆえの争いも多い。特に南部と北部の人間は、伝統的に仲が悪いと言われている。

「そういうのを知って、皆にも教えてあげたい。互いに良い所を認め合うようにすればいいと思うのです。……私は政治とかの難しいことはわからないですけど……『おいしい』は万国《ばんこく》共通だと思うので」

人によっておいしく感じる味は違うものだけど、『おいしい』と感じる気持ちは一緒だ。

「私は、この国のいろいろなことが知りたいです。地方ではどういうお祭りがあるのか、どういう風習があるのか……食べ物の違いだけでなく、文化や慣わしなども興味深いです」

「なぜ？」

「だって、自分の国のことじゃないですか」

私の国……そう、ダーディニアは私の国だ。

今は、はっきりと言い切れる。

日本を忘れたわけではない。

でも、それは少しずつ遠くなっていて、今は夢のように感じはじめている。鮮やかでリアルなのに、手は届かない。

（……まるで、胡蝶《こちょう》の夢のような）

「良い心がけだ」

王太子殿下が、わずかに笑った。

（あ……）

笑ってくれた、と思った。

きゅっと胸の奥がしめつけられる。

「記憶を失《な》くす前、君は歴史についてだいぶ学んでいたようだが……」

あ、やっぱり気付いていたのかな？　アルティリエのしていたこと。

「はい。それも、無駄なことではなかったと思います」

「ああ、そうだ。……無駄なことなど何一つない」

「でも……あまり覚えていないのです。そのあたりのこと」

うっすらと記憶はあるけれど、はっきりとしていない。

「……そうか。もったいないな」

「そんなことないですよ、別に大学に入学することがすべてじゃないですから」

アルティリエが大学に入学するつもりがあったかはともかくとして、いずれ、受験しようと考えていたことは間違いない。残されていたノートや論文の下書きを見ればそれはわかる。

「そうなのか？　言語と歴史は水準に達している。……法律も一年くらいしっかりとやれば、入学できないことはあるまい」

「なぜ、それをご存知なのですか?」

「自分の妃のことだ。知っておくべきだろう」

リリア、全部バレてるよ。たぶん、知らないだろうって言ってたくせに。

私は、少し温《ぬる》くなったお茶に口をつける。少しだけ鼓動《こどう》が速くなっていた。

(ちゃんと、知っててくれた)

見張りとか監視《かんし》なのかもしれないけれど、殿下は、自身のまだ幼い妻の学習状況まで目を配っていた。その事実が、嬉しかった。

ちょっとだけウキウキした気分のまま、お茶請《ちゃう》けのクッキーを口にする。ずいぶんと固焼きのおせんべいみたいなクッキーだったけれど、全然気にならなかった。

「……忘れてしまったから何とも言えないんですけど、その時の私も大学に入学するつもりはなかったと思います」

「なぜだ?」

「だって……学者になってどうするんですか? もっと、大事なことがあるんですよ」

「大事なこと?」

「……殿下、私は殿下の妃なのです」

この身のうちにあるアルティリエの知識、残した日常の記録、読破した書籍《しょせき》の数々……

そのすべてがただ一つのことを指し示す。

(王太子妃であること)

それが、アルティリエにとって一番大事なことだった。

だから彼女は、公文書も私的な手紙もすべてアルティリエ＝ディス＝ダーディエとだけサインした――――アルティリエは、己《おのれ》の名を王太子妃としてしか記さなかったのだ。

「だからといって学びたいという意欲を制限する必要はあるまい」

「私は学者になりたかったわけではありません。殿下に相応《ふさわ》しい妃になりたかったのです」

「…………………そうか」

大きく見開かれた瞳。殿下のこんな表情は初めて見る。

何をそんなに驚いているんだろう、この人は。

「そうです」

私はきっぱりと言った。

殿下はちょっとだけ困ったような表情をし、それから、少しだけ口元をほころばせた。

殿下が笑うと、何か企《たくら》んでそうで怖いなぁと思ったのは内緒だ。

「……そういえば、これは？」

先ほどカフスと一緒にお渡《わた》しした包みに、殿下は首を傾げる。

「パウンドケーキです」

「パウンドケーキ？」

「お酒を効かせた焼き菓子です。保存食にもなるんですよ」

「……紅茶にも合うのか？」

「合います」

私は自信をもってうなづく。

「では、すぐに切らせよう」

「やや厚めに切ったほうがおいしいです」

ふむ、と殿下はうなづき、包みを持っていかせるのではなく、ナイフを持ってこさせた。

「これくらいか？」

「はい。もっと厚くても良いです。あまり薄すぎるとフルーツやナッツが上手に入らないので」

「菓子にしてはずいぶんと重量があるな」

「ブランデーに漬けたドライフルーツがたっぷりと入っていますから」

「ドライフルーツか。私もよく食べる」

「そうなんですか？」

「ああ。ほぼ毎日食べている」

この時はまだその理由を知らなかったので、そんなにドライフルーツがお好きなのかな、と微笑《ほほえ》ましく思っていた。

殿下は自分の分をだいぶ厚めに切り、私はその半分くらいに切ってもらった。

最初の一口。フォークが口に運ばれるのを、思わず注視《ちゅうし》してしまう。

咀嚼《そしゃく》して、飲み込む。殿下は軽く目を見開いて、何度か目をしばたたかせた。

（……あ……）

表情が柔らかくほころぶ。

そっと気付かれぬように息を吐き、いつの間にか握り締めていた拳《こぶし》をほどいた。

（この表情が、見たかった……）

作り物ではなく心底おいしいと思ってくれている――わかりにくい、笑み。

殿下は一口目の余韻《よいん》を味わうと、次はさっきより大きめに切り分けた。

（……気に入ってくれたんだ）

自分が作ったものが殿下の口に合った……ただそれだけなのに、胸の中がポカポカする。

（すごく、嬉しい）

誰もいなかったら、絶対に足をじたばたさせていた。

「……うまい」

つぶやくような賞賛の言葉に、全身が痺《しび》れるようなくすぐったさを覚えた。

王族はあまり好みを口に出さないように躾《しつ》けられる。私もそうだし、殿下もそうだ。

でも、殿下はあえてそれを伝えてくれた。

「……菓子作りなど、どこで覚えたのだ？」

「本で……」

「本？」

「物語にはいろいろなお料理が出てくるのです」

「……なるほど」

殿下は納得した、というようにうなづいた。

「また、作ってくれ」

「……良いのですか？」

たずねたのは、専属料理人の仕事を奪《うば》うことにならないか、と思ったからだ。

「ああ、問題ない。菓子だからな」

殿下はあっさりとうなづいた。

「喜んで」

笑顔で了承《りょうしょう》した。

(まずは、餌付《えづ》け作戦第一段階、大成功!!)

でも、作戦とか義務とか、打算とかそういうのがどうでもいいくらいに温かくて、気恥《きは》ずかしくて、くすぐったい気持ちがグルグルとしていた。

「……アルティリエ」

「はい」

嬉しくてふわふわした気分のままの私に向き合う殿下の表情はどこか険しくて、私は目をぱちぱちとしばたたかせた。

「君の護衛を増やす」

「え？」

ふわふわしていたものが霧散《むさん》する。殿下のその意図がよくわからなかった。

なぜ？　とか、どうして？　とか、問わねばならないことがあるのに、押し寄せる不安に私は口を開くことができなくなった。

そっと伸《の》ばされた手が頰《ほお》に触《ふ》れる。硬い手のひら……剣を握る、その大きな手。

「……二度と、そなたを危険な目には遭《あ》わせない」

私は何も言えずに、ただ自分に向けられるその蒼い瞳を見ていた。

「異世界で、王太子妃はじめました。」おわり

あとがき

はじめまして。汐邑雛《しおむらひな》と申します。

ふだんはネットの海の隅《すみ》っこでひっそりと物語を綴《つづ》っています。

このたびは、本作をお手に取っていただいてありがとうございます。


昔から、お姫様と王子様の物語が好きでした。

どんなにベタだろうと、ありふれていようと、ワンパターンであろうと、お姫様と王子様が必ず幸せになるハッピーエンドが大好きでした。

いつも疑問だったのは、エンドマークのその後のことです。

続きをあれこれと想像することが、私の中から物語が生まれるきっかけになりました。

そうして生まれたものは、ずっと自分だけのものでした。

なので誰かに読んでもらう為に初めてネット上に公開した時、ものすごく緊張したことを今でも覚えています。

あの時、なけなしの勇気をふりしぼったことが、この本につながりました。

刊行にあたりお世話になった皆様に、この場で改めて御礼《おんれい》を申し上げます。

素敵なイラストを描いて下さった武村《たけむら》先生。ラフをいただいた時、あまりにも可愛《かわい》い姫とかっこいい殿下《でんか》に変な声がでました。顔がぼんやりしていたキャラも、今ではいただいたイラストのまま脳内でいきいきと動き回っています。

また、改稿のご指導いただいた担当様、校正様、たくさん勉強させていただきました。

ネット上で応援してくれた皆様、最後まで書ききれたのは皆様のおかげです。もし、ネットで読んだからあとがきだけ立ち読みしているという方がいらっしゃいましたら、ぜひそのままレジへ。ネット版とだいぶ違うので読み比べてみて下さい。

そして、本作を読んで下さった皆様、本当にありがとうございます。

読んでいる間のひととき、こちらの世界ではないあちらの世界を楽しんでいただけていたら嬉しいです。

また次作でお会いできることを祈っています。

汐邑　雛